SUR LA TERRE

COMME AU CIEL

ROMAN

© Éric Maillebiau, auto-édition, mars 2021

À Nico.

À Christine.

*« Croyez ceux qui cherchent la vérité,
doutez de ceux qui la trouvent. »*
André Gide

Avant-propos

Selon le professeur de théologie André Gagné - université Concordia de Montréal, Canada -, les chrétiens évangéliques étaient environ quatre-vingt-quinze millions aux États-Unis fin 2020, tous groupes confondus.

D'inspiration essentiellement protestante, c'est le groupement religieux qui connaît la plus forte croissance sur la planète. Sa population mondiale est aujourd'hui estimée à quelque six cent soixante millions de croyants et devrait dépasser le milliard en 2050, rattrapant ainsi les catholiques traditionnels.

Les chrétiens évangéliques se réclament du « renouveau charismatique », un mouvement apparu dans les années 1960 selon lequel Dieu accorde des qualités surnaturelles - ou « charismes » - à des croyants afin qu'ils soient plus performants dans leur vie chrétienne.

Les chrétiens évangéliques ont également conceptualisé une théologie du pouvoir qui s'appuie sur ce que l'on appelle le « dominionisme », ou croyance selon laquelle les chrétiens sont appelés à dominer la société et le monde en prenant possession des institutions politiques et culturelles.[1]

---

[1] Source : *Le Monde des religions*, 11 octobre 2020 - propos recueillis par Luc Chatel.

Sur la Terre...

Vu d'ici, on dirait une espèce de soucoupe volante. Oui, c'est ça, une soucoupe volante renversée tout en béton. Elle est énorme, de la taille d'au moins deux terrains de football. Au sommet de cette imposante masse grisâtre aux contours arrondis, une couronne de drapeaux plantés comme des bougies sur un gâteau d'anniversaire ; à sa base, des milliers de fourmis entassées devant de minuscules ouvertures latérales. Elles semblent irrésistiblement attirées à l'intérieur de l'appareil par une force invisible. Leur embarquement terminé, on imagine l'engin prêt à décoller dans un vacarme assourdissant, vibrant de partout, emportant son étrange colonie vers une destination céleste inconnue.

– Tu n'as pas changé d'avis, tu es sûr ?

C'est la voix de Samantha, ma femme. Elle m'a tiré de ma rêverie. Exit la fourmilière. Sam est assise là, juste à côté de moi, au volant de notre cabriolet jaune canari. L'horloge du tableau de bord central qui nous sépare indique dix-sept heures trente. Déjà dix minutes que nous sommes garés ici, perdus parmi des centaines d'autres voitures anonymes, quelque part sur l'immense aire de parking du Giant Stadium de Fort Lauderdale. Déjà dix minutes que je regarde ce spectacle en silence, planqué derrière mes lunettes de soleil. Elle a eu la gentillesse de ne pas me déranger tout de suite, mais sa question n'en était pas une. Elle sait que je réfléchis encore, que j'hésite une dernière fois avant de me jeter à l'eau. Elle a raison.

Instinctivement, mes yeux se portent sur elle. Je l'observe, toujours muet. Vêtue d'un chemisier bleu ciel et d'un short beige qui souligne à merveille sa taille de sportive, elle est belle, ma femme : des cheveux blonds coupés court autour d'un visage poupon doré juste comme il faut, des yeux bleu azur savamment mis en valeur par une discrète touche de mascara, un petit nez légèrement retroussé couvert de taches de rousseur coquines... Et ce sourire ! À la fois mutin, énigmatique et rassurant, la mystérieuse alchimie qui lui permet d'exprimer tout ça en même temps m'a toujours intrigué. Il me fait craquer, ce sourire. Il déborde d'amour, aujourd'hui plus que jamais. Même protégé par mes Ray-Ban, il m'éblouit ; je baisse la tête et fixe mes jambes, deux espèces de cotons-tiges que l'on devine sous un jean délavé beaucoup trop large. Je ricane intérieurement : plus maigre, tu meurs.

Mon silence prolongé la gêne, elle me relance avec douceur :

– François, si tu ne veux plus y aller... Je comprendrais, tu sais.

Sa gentillesse me désarçonne. Je sens bien qu'elle essaie de tout faire pour m'aider, mais je ne sais pas quoi lui répondre. Je m'en veux d'avoir accepté de venir ici. J'en ai honte, maintenant. D'un autre côté, on vient de se cogner une heure de route sous un soleil torride pour venir de Miami. Ce serait idiot de s'arrêter si prêt du but, non ? Alors, allons-y. Et à-Dieu-vat !

Lentement, toujours sans décrocher un mot, le regard bloqué sur l'ovni qui continue d'avaler des insectes, là-bas, tout au fond du parking, mes doigts cherchent le loquet de la portière. Clac ! Je la repousse de quelques centimètres et pose un premier pied par terre. Puis vient le tour du second, encore plus hésitant. Je m'appuie ensuite de toutes mes forces sur l'accoudoir et le haut de mon siège simultanément, comme j'en ai pris l'habitude, pour me hisser péniblement à l'extérieur de ce coupé sport devenu trop bas pour moi. Pendant ce temps, Sam actionne la fermeture automatique de la capote et fait rapidement le tour par-derrière pour me soutenir. L'opération m'a fatigué, je reprends mon souffle appuyé sur le capot. Elle passe une main dans mes cheveux pour me recoiffer, puis range ma chemise polo rouge sang qui sort de mon jean pendant que je récupère un peu - cette couleur pourpre agressive, c'est elle qui l'a choisie : il paraît que ça me donne meilleur teint. J'en profite pour jeter un œil circulaire autour de moi. Fixées au faîte des innombrables lampadaires qui surplombent l'aire de parking, de longues banderoles flottent au gré du vent comme autant d'étendards d'un tournoi médiéval hollywoodien. Elles sont toutes ornées du même dessin stylisé, une colombe bleu nuit sur fond crème qui vole au-dessus de ce qui ressemble à un globe terrestre quadrillé. En dessous de ce logo, on peut lire en caractères gras : « Bienvenue dans l'Église du pasteur Cornelius ».

Bon. Nous y voilà.

Ariko

C'est ce matin que tout a commencé, dans le service de dermatologie du Federal Hospital of Florida, à Miami. Il est placé sous la direction du professeur Ariko Takawa, un Japonais naturalisé américain d'une soixantaine d'années qui s'est taillé une solide réputation internationale dans le domaine de la recherche contre le cancer de la peau. Il y a trois mois, c'est dans ce service qu'on m'a détecté une récidive d'un mélanome opéré cinq ans plus tôt à Paris - un souvenir de ma jeunesse passée à jouer les steaks de plage sur le sable blanc de la Polynésie française. Malheureusement pour moi, cette détection intervenait trop tard pour espérer guérir. On ne me l'a pas annoncé comme ça, bien sûr, mais les examens étaient formels : j'étais en stade IV, le plus avancé. J'avais des métastases partout, notamment sur le foie et dans la tête. Autrement dit, les vers grouillaient déjà dans la viande.

Il a quand même tout tenté ou presque, le professeur Takawa. Tant qu'il y a de la vie... Il a donc commencé par un bombardement du cerveau aux rayons Gamma pour y bousiller deux énormes tumeurs, puis il a enchaîné avec un tout nouveau protocole de chimiothérapie censé être encore plus efficace que tous les précédents.

Sur le papier, je ne dis pas. Mais cette prétendue panacée m'a tellement fait déguster que j'ai dû refuser la dernière injection. Ils ont bien été obligés de se rendre à l'évidence : le « remède » allait me bouffer plus vite que le crabe. On s'est alors contenté de me mettre sous morphine pour m'aider à supporter la douleur et je suis rentré chez moi. Jusqu'à la semaine dernière. Là, on m'a fait passer une nouvelle batterie d'examens. Pour voir. Même si le protocole n'avait pas été respecté jusqu'au bout, il y avait, paraît-il, une toute petite chance de rémission. La dernière.

Et ce matin, donc, c'était l'heure du verdict. Dès que Takawa est entré dans la pièce, j'ai compris que ce coup-ci, les carottes étaient vraiment cuites. D'abord parce qu'il a tenu à nous recevoir seul, Sam et moi, sans la clique de jeunes courtisans qui lui colle habituellement au train en arborant dignement l'air pénétré des gens qui savent. Ensuite parce que la synthèse de politesse et d'indifférence typiquement made in Japan qui lui sert de sourire avait, une fois n'est pas coutume, totalement disparu de son visage. Non, le moins qu'on puisse dire, c'est qu'il avait la tête de quelqu'un de très contrarié, voire indisposé. Il était verdâtre, mon bon Ariko, affichant la mine grave et triste de circonstance que je m'attendais fatalement à lui découvrir un jour ou l'autre. Une gueule d'enterrement, quoi.

Il s'est assis face à nous, en plein contre-jour, derrière la planche de contreplaqué noir qui lui sert de bureau. Il a inspiré un grand coup, lentement, profondément, en se concentrant sur ses deux mains jointes posées devant lui. Son apnée a duré quelques secondes pendant lesquelles j'ai avalé ma salive avec difficulté ; des gouttes de sueur froide perlaient le long de mes tempes. Sentant qu'il était plus que temps d'abréger, il a relevé la tête et nous a tout balancé d'un seul trait, en expirant, son regard vissé sur le mien :

— Monsieur Poupard, j'ai malheureusement une bien mauvaise nouvelle à vous annoncer... Mais je sais que vous-même ainsi que votre femme vous y êtes préparés depuis longtemps et c'est pourquoi je vous parlerai sans détour. Voilà, le scanner et les prises de sang effectués la semaine dernière montrent que votre maladie a encore évolué. La chimiothérapie n'a pas eu l'effet escompté et les métastases ont continué à se développer... En l'état actuel, je n'ai plus de traitement à vous proposer... Je... Je ne peux désormais que vous conseiller de vous en remettre à notre Seigneur miséricordieux...

Silence. On a beau le sentir arriver, s'entendre dire comme ça, de but en blanc, que le compte à rebours final a commencé, ça fait à peu près le même effet qu'un gros coup de poing en plein plexus solaire. La bouche à demi ouverte, les yeux fermés, je suis resté un long moment sans pouvoir reprendre ma respiration. Sonné, seul avec moi-même, imperméable au flot de larmes que cette tirade venait de libérer dans la pièce.

Et puis j'ai réalisé qu'il avait oublié quelque chose. Une information, une seule, la plus importante. J'ai rouvert les yeux et je lui ai demandé :

— Combien, professeur ?... Combien de temps encore ?

C'était *la* question à laquelle il ne voulait surtout pas répondre.

– C'est... C'est totalement imprévisible, Monsieur Poupard... Je... Écoutez, le médecin que je suis ne peut pas s'avancer là-dessus. Comprenez-moi... Chaque patient est différent, les statistiques que nous possédons ne vous avanceront pas à grand-chose.

– Je vous demande combien de temps, professeur, ai-je répété sur un ton résolu... J'ai besoin de savoir.

Il a baissé les yeux et marmonné, facilement vaincu :

– Je pense que dans votre cas, il faut compter en semaines... Deux ou trois mois au plus.

Nouveau silence, encore plus long et plus pesant que le premier. En l'espace d'une sentence sans appel, celui qui incarnait mon sauveur de la dernière chance quelques secondes auparavant venait de se métamorphoser en impitoyable bourreau. Je me souviens vaguement d'avoir entendu des sanglots entrecoupés de hoquets, sur ma droite. Pauvre Sam. Takawa a dû se diriger vers elle pour lui réciter des mots de réconfort que je n'écoutais pas, mais franchement, je ne l'affirmerais pas. Moi, je n'étais déjà plus là. Pendant que les vivants se consolaient comme ils pouvaient dans l'urgence, le bientôt mort essayait stupidement de comprendre ce qui avait bien pu merder pour en arriver là. Culpabilité réflexe du condamné persuadé d'obtenir un ultime sursis à condition de réparer ses fautes *in extremis*, ou gros coup de flippe impossible à maîtriser de celui qui réalise tout à coup qu'il sera très bientôt de l'autre côté, allez savoir. De toute façon, il n'y avait rien à faire. Fallait attendre que ça passe, c'est tout.

Le trajet du retour jusqu'à notre penthouse de Miami Beach, c'est bien simple, je l'ai complètement zappé.

Sam a dû parler dans le vide. Ou bien elle n'a pas parlé du tout, ce qui est plus probable. Dans ce cas, elle est tout excusée. Pour elle aussi, le coup a dû être terrible. Il n'aura fallu que quelques phrases débitées sur un ton résigné par un dépanneur d'avenir pourtant réputé pour que le pire de ses cauchemars, celui qu'elle refusait obstinément de seulement évoquer depuis trois mois, se transforme en une réalité cruelle, inéluctable. Et puis promener un futur cadavre prostré dans un enfer d'incompréhension, ça n'incite pas vraiment à la conversation, même dans une superbe décapotable de rêve roulant sous un ciel de carte postale paradisiaque. Face à l'imminence de la mort, un couple n'est plus que la réunion incertaine de deux solitudes. Je sais de quoi je parle.

Ce n'est que beaucoup plus tard, confortablement allongé sur un transat en plastique installé dans notre véranda climatisée, que j'ai repris mes esprits. Enfin, un peu. L'aide-soignante à domicile venait de me faire une nouvelle piqûre de morphine et Sam est venue réajuster la couverture de laine écossaise qui me couvrait les jambes. Malgré des yeux rouges encore gonflés de larmes, elle a réussi à me lancer son fameux sourire si captivant.

D'un seul coup, j'ai eu l'impression de me retrouver projeté deux ans en arrière, le soir de notre première rencontre. Je m'étais rendu à l'inauguration d'un énième ghetto de millionnaires au bord de l'océan, dans le Nord de Miami Beach, afin d'y vendre chèrement ma soupe de décorateur d'intérieur. Depuis que j'avais débarqué de France trois ans plus tôt, fasciné par l'art déco et bien décidé à me faire une réputation grâce à mon diplôme des Beaux-Arts, j'avais réussi à me créer une petite clientèle au sein du club très fermé des retraités locaux. Au début des années 60, une bonne partie du front de mer de Miami Beach s'est transformée en gigantesque maison de repos de super luxe divisée en une petite trentaine d'étrons bétonnés fièrement dressés vers le ciel. Chacun d'entre eux renferme des trésors de mauvais goût. Et quand je dis des trésors, je suis encore en dessous de la vérité. Les propriétaires, des papis liftés pleins aux as qui veulent se la couler douce au soleil, tiennent absolument à étaler le fruit de leur retraite sonnante et trébuchante sur tous leurs murs. À ce petit jeu-là, rien n'est trop laid ni trop cher pour en mettre plein la vue au voisin. Tout bénef pour moi, évidemment, même si ma passion pour l'art déco a rapidement dû se faire une raison ; au royaume des nouveaux riches plus qu'ailleurs, le client est roi. Et aux États-Unis, on apprend vite qu'il n'existe rien de plus artistiquement abouti qu'un billet vert. C'est valable pour tout le monde.

Pour Sam en revanche, ce pince-fesses fripées mondain marquait une tout autre inauguration, celle de sa vie professionnelle. Fraîchement diplômée de l'université de Boston, dont elle est originaire, elle représentait le département vidéo de l'agence chargée de la sécurité high tech de l'immeuble. Les propriétaires avaient tous acheté sur plans et voulaient être rassurés, savoir que leurs râteliers dorés pourraient dormir tranquilles dès la première nuit, bien à l'abri d'un hypothétique édenté portoricain malintentionné. Je l'ai vite remarquée parce qu'elle se tenait à l'écart, engoncée dans un tailleur sombre beaucoup trop strict pour une jeune femme de son âge - à l'époque, elle n'avait pas soufflé ses vingt-cinq bougies. Visiblement timide, elle n'osait s'immiscer dans les conversations. L'occasion était inespérée. Je me suis approché discrètement dans son dos et j'ai imité la voix de l'un de ces vieillards arrogants pour lui demander si elle accepterait de me divulguer le nom et l'adresse de son chirurgien esthétique. Elle a sursauté et s'est retournée surprise, presque choquée, avant d'afficher un large sourire en me découvrant. Un sourire spontané, franc, charmeur, qui ne devait plus la quitter de la soirée. Je crois que c'est mon culot qui l'a d'abord séduite. Et puis aussi mon accent français à couper au couteau. Parce que côté physique, je suis bien placé pour savoir que les grands rouquins filiformes sont plutôt mal classés au hit-parade des fantasmes du beau sexe. En tout cas, j'ai tout de suite compris que ce ne serait pas qu'un vulgaire plan cul. Six mois plus tard, on était mariés. Il paraît que ça s'appelle un coup de foudre.

Pendant que je repensais à tout ça, Sam s'est assise à côté de moi. Elle a pris mes mains froides dans les siennes et m'a regardé longuement avec une infinie tendresse. C'était trop pour moi. J'ai dû détourner le regard de l'autre côté, vers notre mini forêt de plantes tropicales, pour enfin me décider à lui adresser la parole. Mon ton faussement humoristique dissimulait mal mon amertume.

– Ne me regarde pas comme si j'allais mourir... parce que c'est le cas.

– Arrête ! Je t'interdis de parler comme ça. Ton cynisme ne me fait pas rire. Il ne te soulagera pas et moi non plus. Personne ne pouvait savoir. Personne n'est responsable.

– Ouais, peut-être... N'empêche, t'as écouté Takawa comme moi. Il a été on ne peut plus clair. Cette fois...

Elle ne m'a pas répondu et je n'ai pas osé terminer ma phrase. Je l'ai entendue renifler et j'ai senti qu'elle me serrait les mains plus fort pour m'encourager à continuer, à vider mon sac une bonne fois pour toutes. Trois mois qu'on niait l'évidence en affirmant que je m'en sortirais quoi qu'il arrive, qu'on faisait semblant tous les deux pour ne surtout pas plomber l'espoir de l'autre. Trois mois qu'on s'en remettait secrètement à un miracle qui ne se produirait pas, c'était désormais une certitude. Alors je me suis laissé aller. Pour la première fois depuis l'annonce de ma rechute, j'ai ouvertement parlé de ce que je ressentais.

– Tu te souviens de ce qu'on se répétait en rigolant, que seule la mort pourrait nous séparer ? Eh ben voilà, on y est... Terminus, tout le monde descend. Enfin non, pas tout le monde : uniquement « Mister Poupade », comme ils disent. Parce que pour tous les autres, le grand train de la vie continue de tracer sa route dans la joie et la bonne humeur...

Elle m'a serré la main encore plus fort. Je dérapais.

– Pardon, ce n'est pas ce que je voulais dire... Je sais que c'est très difficile pour toi aussi... Je suis un salaud qui ne pense qu'à sa gueule. Mais bon dieu, quelle saloperie ! À peine deux ans qu'on vit un rêve ensemble... Des projets d'enfants... Une situation professionnelle enviable... Un grand appart au sommet d'un immeuble de quinze étages dans l'un des plus beaux coins du monde... Et nos belles-familles respectives à des milliers de kilomètres de là... Si ce n'est pas du bonheur, ça ! Et tout ça balayé en moins de trois mois par un putain de cancer foudroyant que personne n'a vu arriver ! Mais pourquoi ? Qu'est-ce que j'ai bien pu faire pour mériter ça ?

Incapable de résister plus longtemps, je me suis effondré, recroquevillé sur moi-même, le visage enfoui dans mes mains inondées de larmes. J'ai craqué. Plus je parlais et plus je prenais conscience de ce qui m'attendait vraiment, de ce que signifiait le « ça ». J'ai chialé en hoquetant comme un môme. Sam aurait donné n'importe quoi pour tenter de me réconforter comme Takawa venait de le faire avec elle, mais les mots ne sortaient pas. Elle est restée muette en me couvrant de ces baisers maternels instinctifs capables d'effacer les plus gros bobos. Sauf qu'ils me faisaient davantage souffrir qu'autre chose, ces baisers-là. Je savais qu'ils ne seraient bientôt plus qu'un souvenir. Pour elle comme pour moi, chacun de son côté de la rive.

Seul au monde. J'étais seul au monde.

Jodie

C'est à ce moment-là que le téléphone a sonné. Sam s'est mouchée rapidement puis s'est éloignée pour prendre le combiné dans la cuisine. J'ai pensé : « Ça y est, ça commence. Parents, amis, voisins ou collègues de boulot, ils vont tous appeler les uns après les autres pour venir aux nouvelles. Je ne peux pas leur en vouloir, c'est plutôt sympa de leur part. Mais le verdict de Takawa n'est déjà pas facile à encaisser, alors la perspective de devoir le répéter quinze fois de suite dans la journée... Et le pire, c'est qu'ils vont tous tenter de me convaincre de m'accrocher malgré tout, de lutter jusqu'au bout. Ils vont tous essayer de soigner leur trouille de la mort en aggravant la mienne. »

En tendant l'oreille, j'ai compris que c'était à sa copine Jodie que reviendrait le triste honneur d'ouvrir ce bal sordide. Tant qu'à faire, ce n'était pas plus mal. Ce petit bout de femme rondouillarde n'est pas du tout le genre à s'apitoyer sur son sort ni, encore moins, sur celui de son voisin. Jodie est une fonceuse, une battante. Locale pur jus, elle a monté un resto de spécialités italiennes qui fait fureur sur Ocean Drive, l'avenue la plus touristique du Sud de Miami Beach - celle qui me faisait rêver avec ses top-modèles en string engagés pour décorer les épisodes de *Miami Vice*. Elle mène son petit monde d'une main de fer. La diplomatie, elle s'en fout. Elle dit ce qu'elle pense sans jamais l'empaqueter. Et pourtant, sous cette apparente fermeté souvent désagréable couve une générosité débordante. Le cœur sur la main, toujours prête à rendre service et tout et tout. Sam l'a rencontrée l'année dernière dans un club de fitness. Jodie s'y était inscrite afin de dégager un peu de place dans son lit pour son futur prince charmant. Elle m'a tout de suite adopté, et réciproquement. Bref, la copine idéale. En fait, son seul défaut est d'être un peu trop branchée « para » : paranormal, parasciences, parapsychologie... Pas encore complètement barrée, mais pas loin. Les médiums, les tables qui tournent et les petits hommes verts, elle adore. Moi, toutes ces conneries, ça n'a jamais été mon truc. Mais bon, chacun sa guerre. Et puis après tout, ça met un peu de merveilleux dans l'existence. Avec les poubelles que les chaînes d'info en continu nous sortent tous les jours, on en a tous plus ou moins besoin, ne serait-ce que pour oublier l'odeur de notre quotidien.

Chose inhabituelle, la conversation avait l'air de s'éterniser entre les deux amies. En général, la nature brutale de Jodie et son emploi du temps surchargé excluent tout bavardage inutile. Et bien que beaucoup plus délicate et diplomate, Sam aussi préfère aller droit au but. Je m'attendais donc à ce qu'elle m'apporte le combiné sans tarder et faisais déjà tout ce que je pouvais pour sécher mes larmes. Je ne devais rien laisser paraître de mon désespoir. J'avais mon rôle à tenir, celui du cador qui rassure ses copains et leur affirme droit dans ses bottes qu'ils n'ont pas à s'en faire parce que « ça va aller ». Encore plus bizarre, Sam parlait peu et à voix basse, comme si elle voulait me cacher le contenu de leur discussion. Probablement quelque chose qui aurait pu m'énerver vu les circonstances. « Tu vas voir qu'elle essaye de la convaincre de m'emmener voir un guérisseur à deux cents dollars de l'heure, la cochonne ! », n'ai-je pu m'empêcher de penser. Mais je n'ai pas eu le temps de laisser pédaler ma parano, Sam a fini par se décider à me rejoindre. Elle m'a tendu le téléphone en m'annonçant d'un air indécis :

— Tiens, c'est Jodie. Elle veut te parler.

Avant que j'aie eu le temps de lui répondre quoi que ce soit, elle avait déjà fait demi-tour en direction de la cuisine. J'ai engagé la conversation en la regardant s'éloigner, vaguement inquiet.

— Allô ?

— Salut François, c'est Jodie.

— Salut Jodie, j'imagine que Sam t'a déjà tout dit... C'est gentil à toi d'être venue aux nouvelles...

— Ce n'est pas gentil, c'est normal. Bon, je ne vais pas t'emmerder avec mes questions, Sam m'a effectivement tout raconté. Je ne vais pas te baratiner non plus. Je voulais que tu saches que je pense très fort à toi. T'es un mec bien et ça me fait super chier de savoir que les toubibs t'ont déjà mis dans la housse...

— Ce n'est malheureusement qu'une demi surprise. On s'y attendait quand même un peu, tu sais. Même si on n'en parlait pas...

— Ouais, c'est vrai. Moi aussi, j'y pensais depuis le début, j'avoue...

– Un stade IV d'un cancer de la peau, la médecine n'a quasiment jamais réussi à en sauver. On le savait tous, pas vrai ? Les docteurs parlent eux-mêmes de miracles pour classer les guérisons inexpliquées de quelques très rares patients. Je crois qu'ils sont moins de cinq à ce jour...

Et merde ! S'il y a bien une personne avec laquelle je ne devais surtout pas mettre les pieds sur ce terrain-là, c'est Jodie ! Parler miracle avec une allumée du paranormal quand on agonise, ça tient vraiment du masochisme. Manque de pot, ce n'est qu'en prononçant le mot que j'ai réalisé mon erreur. Évidemment, il était trop tard pour faire marche arrière. Elle s'est aussitôt engouffrée dans la brèche pour ne surtout pas me laisser le temps de me rattraper.

– Justement, à propos de... Je voulais te dire une chose...

– Écoute Jodie, je vais être franc avec toi : je n'ai pas du tout envie de prendre un cours magistral sur les mystères de l'univers maintenant. Le trou qui m'attend, il est très terre-à-terre, lui, si tu vois ce que je veux dire... Et jusqu'à preuve du contraire, j'ai déjà les deux pieds dedans.

– Le pasteur Cornelius, ça te dit quelque chose ?

Ça, c'était signé. Du Jodie tout craché : plutôt que de se lancer dans une argumentation stérile avec un sceptique comme moi, elle préférait carrément ignorer ma remarque et jouer la montre en exposant rapidement son idée. J'ai tout de même sauté sur l'occasion de lui couper l'herbe sous le pied.

– Non, je ne connais pas le pasteur Cornelius. Ni aucun pasteur d'aucune Église, d'ailleurs. Je t'ai déjà dit que je ne croyais pas en Dieu. S'il existe et qu'il a vraiment fait l'homme à son image, c'est flippant. On ferait bien de commencer par essayer de croire en nous, ça nous ferait déjà un bon début.

– Enfin, tu n'es pas athée, quand même !

« Tu n'es pas athée, quand même ! » Elle a sorti ça sur un ton catastrophé, comme si je venais de me torcher avec les pages de sa Bible. Elle s'est arrêtée à temps, mais je suis certain qu'elle allait ajouter un truc du genre : « Athée, tu te rends compte ? Dans ton état, c'est du suicide ! » J'aurais donné n'importe quoi pour qu'elle me lâche la grappe, mais je ne sais pas pourquoi, j'étais incapable de lui raccrocher au nez. Elle m'avait eu, la mère Jodie. Je l'avais sous-estimée. Elle avait réussi la prouesse de faire mordre un poisson mort à son appât grossier.

– Non, Jodie, je ne suis pas athée. Je suis agnostique. Tu comprends, ça, agnostique ? Ça veut dire que je ne sais pas. Ça veut dire que cette grande question me dépasse et que ce n'est certainement pas un homme qui pourra y répondre pour moi, fût-il pasteur de je ne sais trop quoi. N'oublie pas que toutes les religions sont faites par l'homme et pour l'homme. Sous prétexte d'apporter une nourriture spirituelle indispensable à l'élévation de l'espèce, elles ne font que servir des intérêts bassement personnels.

– Tu dois te sentir bien seul... Franchement, je te plains. Tu ne vois que le verre à moitié vide. Tous les gens croient en l'existence de quelque chose de divin

au-dessus d'eux. T'as quand même pas raison contre tous, non ? Y a des fois, on a l'impression que tu te crois plus intelligent que tout le monde.
— Au royaume des lobotomisés, les mous du bulbe sont rois...
— Hein ?
— Laisse tomber, je me comprends.
— Mais encore ?
— Philosophie perso, si tu préfères. Mon credo micro-ondes à moi, le fruit de trente-trois ans de méditations approfondies sur la vanité des choses. Ça donne peut-être un jus de crâne réchauffé dénué de saveur, mais à défaut de mieux, ça nourrit son homme. Et je n'ai pas trouvé mieux.
— Si tu le dis... Mais ce type est très connu, pourtant. Le pasteur Cornelius. On lui attribue plusieurs guérisons miraculeuses...
— Jodie, s'il te plaît...
— Si si, je t'assure. Écoute-moi encore deux minutes, OK ? Deux minutes, pas plus. Ses rassemblements ont même été filmés par la télé, tu sais.
— Si c'était un gage de crédibilité, ça se saurait. En l'occurrence, ça prêche plutôt contre lui, tu vois... J'ai déjà vu ce genre de grand-messes sirupeuses pleines de pubs à la télé. C'est consternant.
— Arrête ! Il est déjà passé à Miami, il y a trois ans. J'y étais. C'est vraiment étonnant de voir la ferveur que cet homme est capable de générer autour de lui. Les gens font parfois des centaines de kilomètres rien que pour le voir. Certains font même déplacer leur lit d'hô-

pital sur place ! Ils veulent le voir parce qu'ils croient en lui.

– C'est précisément ce qui me dérange, Jodie. Ils croient plus en lui qu'en son Dieu. Tous tes impotents voient en lui une espèce de marabout qui les sauvera peut-être moyennant finances. Alors, dis-moi tout, c'est combien pour un sursis d'un mois ? Y a aussi des forfaits pour une concession au paradis ? Des options, peut-être ? Genre : « Et pour à peine cent dollars de plus, le bon Cornelius adressera une prière particulière à notre Seigneur tous les soirs pendant deux semaines. » Désolé, Jodie. À d'autres.

– Tu n'y es pas du tout. Ces rassemblements, c'est du positif à l'état pur.

– Jodie, je te rappelle que tu parles à quelqu'un qui ne sera bientôt plus qu'un tas d'humus... Une fois pour toutes, tes bondieuseries, je m'en cogne. Tu peux respecter ça, non ? C'est un mourant qui te le demande. Tu ne vas quand même pas m'obliger à te supplier ?

Là, il y a eu un long silence à l'autre bout du fil. La conversation s'envenimait et j'ai naïvement pensé que mon interlocutrice l'avait senti, qu'elle allait enfin se résoudre à me foutre la paix. Avec un peu de bol, Jodie finirait bien par se faire à l'idée que je n'étais décidément pas un bon client. Pour moi, c'était une affaire de fierté. Je ne suis pas du genre à baisser mon froc devant le premier charlatan venu simplement parce que j'ai les foies. Malheureusement, j'avais tout faux. C'est le moment qu'elle a choisi pour abattre sa dernière carte, la meilleure, la sentimentale.

– Merde, François, t'es qu'un sale con d'égoïste ! Et Sam, t'y penses un peu à Sam ? Oui, ce que tu vis est dramatique ! Ta souffrance est horrible et nous te plaignons tous, sincèrement, de tout notre cœur ! Mais elle, Sam, tu t'es demandé ce qui se passait dans sa tête depuis trois mois ? Depuis ce matin ?

Au même instant, Sam est ressortie de la cuisine - à croire qu'elles avaient répété la scène ensemble. Son visage trahissait une grande anxiété. J'ai baissé la voix pour répondre.

– C'est dégueulasse, ce que tu fais, Jodie. Tu me déçois. Tu lui en as parlé, c'est ça ?

Elle s'est mise à chuinter au téléphone.

– Mais tu comprends rien ! Non, je ne lui en ai pas parlé, figure-toi ! Je n'aurais pas osé, contrairement à ce que tu crois. C'est elle qui m'a appelée hier matin ! Elle venait de voir une pub à la télé qui annonçait le passage de ce pasteur à Fort Lauderdale ce soir et voulait savoir si j'en avais déjà entendu parler, si ce qu'on dit sur ses fameuses guérisons miraculeuses est vrai ou non... Elle voulait savoir tout ça pour toi, tu comprends ? Pour toi ! Parce qu'elle pressentait que tes examens seraient mauvais ! Parce qu'elle a peur de te perdre et qu'elle ferait n'importe quoi pour te sauver !

Quoi !... Sam appeler Jodie pour la supplier de me convaincre d'aller me prosterner devant une star du show-biz auréolée ! Comme ça, « au cas où » ! Qu'est-ce que c'était que toutes ces salades ? Je n'en croyais pas mes oreilles. Ce coup de fil avait donc été prémédité la veille par ma propre femme ? J'étais pourtant persuadé qu'on était sur la même longueur d'onde à ce sujet.

Sur la Terre comme au ciel

Elle était la première à remettre en cause avec virulence son éducation protestante. Alors quoi ? Qu'est-ce qui avait bien pu se passer dans sa tête pour qu'elle opère un tel revirement ? Et sans m'en parler, en plus ! J'étais complètement abasourdi.

Quelque part dans l'arrière-cuisine de son resto, Jodie s'impatientait. Elle attendait une réponse. J'ai fermé les yeux. Je ne savais plus quoi lui dire.

– François, tu es toujours là ?

Sa voix s'était subitement radoucie.

– Oui... Je... Écoute, Jodie...

– Non, c'est toi qui vas m'écouter. Je suis désolée, je me suis emportée, je n'aurais pas dû. Je te prie de m'excuser... Je sais que tu es très éprouvé et que je t'emmerde, mais tu sais, c'est vrai ce qu'on dit : la foi peut parfois déplacer des montagnes. Ça a l'air stupide, mais je te jure que c'est vrai. Il y a même eu des tests scientifiques réalisés là-dessus dans une université américaine. Je crois que je t'en avais déjà parlé, d'ailleurs. Il s'agissait d'expériences de télépathie au cours desquelles des étudiants volontaires devaient deviner les signes inscrits sur des cartes tirées au hasard représentant une croix, un carré, une étoile, des vaguelettes ou un rond. Ils avaient donc une chance sur cinq de deviner la bonne réponse à chaque nouveau tirage, tu me suis ?

Les yeux toujours clos, je l'écoutais à peine. Je ne pensais plus qu'à Sam. Je savais qu'elle s'était rapprochée progressivement pour saisir des bribes de conversation. Je la devinais tout près de moi, debout, attendant avec effroi l'issue de ce dialogue surréaliste. Un cancéreux en stade terminal en train de prendre une leçon de télépathie appliquée par téléphone ! Si la situation n'avait pas été aussi morbide, je me serais bien poilé. Mais je n'avais pas le cœur à rire. J'avais peur d'ouvrir les yeux et d'affronter son regard.

— Et ?...

— Eh bien on s'est aperçu que les pourcentages de bonnes réponses étaient beaucoup plus importants lorsque l'étudiant reconnaissait croire en l'existence de la télépathie avant de se livrer à une série de tirages. Les statistiques sont formelles. Tu imagines ce que ça veut dire ? Tu réalises les implications qu'une telle découverte peut avoir, notamment pour expliquer les guérisons dites « miraculeuses » ?

Long soupir. Je n'avais plus envie de relancer. Je n'avais plus d'arguments non plus.

— François, ce que je suis en train de te dire, c'est que tu n'as pas le droit de laisser passer cette chance-là. Ton professeur machin te l'a dit : t'as plus qu'à t'en remettre à Dieu. À moins d'un miracle, t'es foutu. Alors vas-y, qu'est-ce que tu risques ? Sam a envie d'y croire, elle, en cette chance, en ce « miracle ». Tu n'as pas le droit de lui en faire le reproche. Tu n'as pas le droit de t'en aller en la laissant seule avec le regret de n'avoir pas tout tenté pour te sauver. Si tu ne le fais pas pour toi, fais-le pour elle. Et pour une fois, rien qu'une seule fois dans ta vie, essaie d'y croire un peu toi aussi...

Là-dessus, Jodie a conclu par quelques banalités de rigueur avant de raccrocher. J'ai rouvert les yeux. Sam était là, devant moi, silencieuse. Je l'ai contemplée, plus belle que jamais malgré l'immense tristesse qui se lisait dans son regard. J'ai pensé à sa douleur.

Une larme a coulé sur sa joue gauche. D'une voix à peine audible, elle m'a interrogé :
– Alors ?…

Priscilla

– Non, pas vingt pour deux : vingt par personne, ma'ame. Quarante dollars au total. C'est marqué là, voyez pas ?

L'espèce d'albinos adipeux sans âge à la gueule en clafoutis qui tient la caisse de notre file se contorsionne derrière sa vitre blindée. De son index boudiné, il désigne un écriteau accroché au mur, derrière sa tête. Effectivement, les tarifs du Cornelius Show sont clairement affichés. Rien à dire. Excepté, peut-être, qu'avec les vingt dollars déjà déboursés pour le parking, le prix du péage pour accéder à la grâce divine devient prohibitif. Ça démarre mal. D'autant qu'à voir la couleur de leur peau, la plupart des aficionados qui nous entourent sont manifestement d'origine modeste : ce sont essentiellement des afro-américains et des latinos, pas franchement connus pour rouler sur l'or, dans ce pays. D'accord, la location d'un stade couvert de dix-huit mille places comme celui-ci doit coûter la peau du cul, mais quand même. Ça n'excuse pas tout. Et puis dix-huit mille multipliés par vingt, ça fait un matelas plutôt confortable. Mais ce n'est qu'un avis personnel, bien évidemment. Le Seigneur appréciera beaucoup mieux que moi le sacrifice de chacun à sa juste valeur. Avec, je l'espère, une attention toute particulière pour le mien.

En attendant, Sam s'exécute et sort un second billet de vingt dollars de son portefeuille. Il disparaît aussitôt sous l'une des mains graisseuses du bibendum asexué. De l'autre, il attrape deux tickets qui viennent de surgir d'une large fente située au milieu de son plan de travail métallique. Il les jette négligemment sous la vitre en beuglant de sa voix nasillarde à travers son hygiaphone :

– Numéros 10 344 et 10 345, deuxième étage, escalier C. Z'êtes situés face à la scène, au fond de la salle. Pour vous y rendre, pas compliqué, prenez à gauche après la caisse, puis vous suivez les panneaux mauves, compris ?

Sam acquiesce d'un signe de tête docile et s'engage dans la direction indiquée. Derrière elle, je me retourne une dernière fois vers l'extérieur pour inspirer une grande bouffée d'air moite et tenter de libérer ma poitrine de l'étau qui la broie depuis que nous sommes arrivés ici. Sourde angoisse. Je crois n'avoir jamais eu autant l'impression de me jeter dans la gueule du loup. Mais je m'abstiens de tout commentaire à voix haute. J'ai décidé de jouer le jeu, même si je n'en pense pas moins. Pour Sam. Je la rejoins et nous pénétrons ensemble, main dans la main, dans les coursives de cet immense palais omnisport.

Curieusement, malgré la taille de l'édifice, l'ambiance est plutôt feutrée à l'intérieur. Les voix des visiteurs sont absorbées par la moquette marron foncé des allées latérales qui font le tour complet de la salle centrale. Échelonnées sur trois étages, elles sont larges et bien éclairées. Côté extérieur, des baies vitrées séparées par d'énormes piliers de béton laissent pénétrer le jour jusqu'aux cloisons recouverte d'une fine moquette orangée du mur opposé. À cette source de lumière naturelle s'ajoutent des dizaines de néons géants, suspendus au plafond cimenté par de longues tiges d'acier. Ils projettent un éclairage froid, abrutissant, qui me rappelle celui des supermarchés. Ça tombe bien, plus nous progressons et plus j'ai le sentiment de me balader dans une espèce de gigantesque tirelire climatisée. À droite comme à gauche, des étals improvisés à l'aide de tréteaux et de planches installés à la hâte se succèdent les uns aux autres. S'y empilent pêle-mêle livres, cassettes, disques compacts et autres DVD à peine sortis des cartons qui jonchent le sol. Tous à la gloire du bon pasteur, cela va sans dire. Vu le nombre de clients qui s'entassent devant, les affaires doivent être juteuses. La pensée de Cornelius s'arrache.

– Tu veux jeter un œil ? On a le temps, tu sais. On a pratiquement une heure à perdre avant le début du prêche.

Sam a deviné mes pensées. Elle n'attend même pas ma réponse et se dirige d'emblée vers un présentoir bizarrement négligé par les fidèles. Il propose pourtant les mêmes produits que les autres. Bah ! après tout, tant mieux, je vais pouvoir me livrer tranquillement à un examen exhaustif des meilleures ventes. Ce n'est pas la jeune hôtesse noire qui salive en nous voyant arriver qui s'en plaindra. Jolie frimousse, dix-huit ans à tout casser. Elle porte un t-shirt blanc imprimé aux armes de Cornelius, l'inratable colombe qui plane au-dessus de son globe tel un rapace prêt à fondre sur sa proie. Tous les autres vendeurs qui pullulent dans la galerie ont le même. Tous arborent aussi le même badge rose bonbon, un gros rond entouré de petits cœurs rouges sur lequel on peut lire « volontaire » imprimé en lettres majuscules. Volontaire... Ben voyons. C'est bon pour les dividendes, ça, les volontaires. Surtout lorsqu'ils sont aussi souriants et motivés que la nôtre.

– Bonjour, je m'appelle Priscilla. Je peux vous aider ? Vous cherchez quelque chose de précis ?

Sam ne l'a pas entendue. Elle est déjà absorbée par la lecture de la jaquette d'un opuscule ramassé par terre. Je réponds :

– Non merci mademoiselle, vous êtes gentille. Simple curiosité. On fait le tour des têtes de gondoles avant de rejoindre nos places. Vous savez, au cas où il y aurait des promotions à ne surtout pas louper...

Gros bide. À voir sa mine déconfite, la miss Priscilla se demande comment elle doit le prendre. J'ai dû y aller un peu fort, les marchands du temple ne badinent pas avec ces choses-là. Sam non plus n'a pas apprécié du tout. Elle me lance un regard réprobateur sans équivoque. L'incident diplomatique n'est pas loin. Du coup, je me crois obligé de rectifier le tir poliment.

– Je plaisantais... Priscilla, c'est ça ? Non, en fait, c'est la première fois que nous venons voir un prêche du pasteur. Nous préférons l'écouter avant d'arrêter notre choix sur l'exemplaire qui nous conviendra le mieux. Nous l'achèterons en repartant.

Ma dévouée vendeuse volitive grimace bêtement. Apparemment, mon fayotage ne suffit pas à la rassurer.

Mais j'ai ce que je voulais, elle n'essaiera plus de me faire de la retape pour le plus grand bénéfice de son idole. De son côté, Sam s'est replongée dans sa lecture. J'ai arraché un cessez-le-feu de justesse, je peux flâner pépère.

Livres, CD ou DVD, tout est labellisé « pasteur Cornelius ». Son visage n'apparaît nulle part, mais son nom est omniprésent, toujours en caractères gras. En comparaison, les titres de ses ouvrages sont presque anecdotiques - technique de base du marketing de l'édition : plus que son discours, c'est l'auteur qui fait vendre. Et ici, c'est aussi lui qui encaisse. Discrètement posé sur un coin de la table, j'aperçois un petit écriteau qui précise que tous les chèques doivent être libellés au nom de l'Église de la Colombe... du pasteur Cornelius. Les tarifs, eux, sont indiqués sur des cartons fluorescents bien flashy, jaunes ou verts, découpés en forme d'étoile : *La Voix de la Colombe ou la naissance d'une foi*, vingt dollars, *À l'Écoute de Dieu*, quinze dollars, *Le Don de soi*, vingt dollars, *La Bible préfacée par le pasteur Cornelius* - en toute humilité -, trente dollars, *Les Plus Célèbres Prêches du pasteur Cornelius*, dix dollars... Le serviteur du Seigneur est prolixe et son catalogue bien achalandé. Il y en a pour toutes les bourses. Et pas besoin d'être ingénieur pour piger que les prix varient selon la taille des bouquins, signe que le message d'amour du pieux berger doit se négocier au poids.

De l'autre côté de la table, mains dans le dos, Priscilla reprend du poil de la bête. L'attention que je porte à toute cette littérature lui redonne confiance. Elle attend le meilleur moment pour revenir à la charge. Un client est un client. Après quelques secondes d'hésitation, elle se place ostensiblement dans mon champ de vision et m'adresse un sourire-hameçon appuyé que je lui rends volontiers, amusé par son manège. C'est le signe.

— À tout hasard, me chuchote-t-elle, je vous recommande quand même sa biographie, là-bas, à droite, en haut de la pile qui se casse un peu la figure...

Je regarde dans la direction indiquée. J'aperçois une couverture vert pâle qui m'avait échappé, sur laquelle est inscrit en lettres dorées bien aguicheuses : *Pasteur Cornelius, une vie au service de Dieu*. Vu l'épaisseur, il ne doit pas être vieux, le bonhomme.

— Oui, c'est ça, juste ici. Vous pouvez me croire sur parole, c'est sans aucun doute là-dedans que vous en apprendrez le plus sur la vie de cet homme merveilleux. Et douze dollars, ce n'est pas cher payé pour un livre qui va peut-être changer votre vie !

Elle n'y va pas avec le dos de la cuiller, ma volontaire. Sa naïveté en serait presque vexante. J'ai envie de la pousser plus loin. En bon pigeon séduit par un slogan prometteur, je lui réplique le plus sérieusement du monde :

— Whaooouh ! Changer ma vie, rien que ça ! Dites-moi tout...

— Moi, c'est par celui-ci que j'ai commencé. L'un de ses disciples était venu parler dans mon orphelinat, lorsque j'étais plus jeune, et il était reparti en laissant quelques exemplaires gratuits pour les enfants. J'ai dévoré le mien en deux jours ! À travers son expérience, j'ai découvert la parole de Dieu, son amour infini... Je n'ai pas le temps de vous expliquer tout ce qui s'est passé dans ma tête à ce moment-là, mais j'ai compris que le Seigneur m'aimerait toujours plus que des parents ne pourraient jamais le faire. Dieu, c'est ma vraie famille, aujourd'hui.

Info intéressante. En admettant qu'elle eût au mieux quatorze ans à l'époque, ça signifie que son sauveur a dû prendre quelques rides depuis l'écriture de sa « bio ». On attend déjà le second tome de ses aventures avec impatience.

– Alors pour le remercier, je travaille comme bénévole à l'Église évangélique de la Colombe de Fort Lauderdale pendant mes jours de repos.

– Le remercier ?

– Oui, le pasteur... On fait du porte-à-porte avec des copines. On vend des livres ou des CD, ça dépend. Ça marche plutôt pas mal, les gens sont curieux. C'est un bon moyen de propager la parole de Dieu, vous savez !

– Félicitations, c'est courageux de votre part. Et que faites-vous le reste du temps ?

– Je suis serveuse le soir, dans un bar du centre-ville. Normalement, je devrais déjà y être à cette heure-ci. Vous comprenez, un samedi soir, pour un débit de boissons... Mais aujourd'hui, c'est différent. J'ai de la chance, mon patron est un vrai chrétien. Il m'a autorisée à prendre une journée sans solde. Le pasteur Cornelius à Fort Lauderdale, chez moi ! Je ne pouvais quand même pas rater ça ! Vous pensez si je suis heureuse ! En plus, le prêche est gratuit pour tous les volontaires.

Derrière son étal, Priscilla sautille sur place en serrant les poings. Une vraie groupie.

– Alors, vous le prenez ? Je l'ai également en CD ou en cassette, si vous préférez.
– À vrai dire…
Vite, trouver une issue de secours. Sinon, elle ne me lâchera plus. Mais je ne veux pas l'envoyer paître méchamment. L'idée de partager son bonheur avec un inconnu la rend tellement joyeuse qu'elle en est touchante. Un petit mensonge fera bien l'affaire.
– Je ne sais pas trop. J'en ai vu un ou deux autres qui me tentent aussi, alors comme je vous le disais, je vais attendre tout à l'heure pour me décider. Merci beaucoup, en tout cas. Vous êtes une excellente vendeuse, Priscilla ! Le pasteur peut être fier de vous.
Raté. La ficelle est trop grosse, même pour cette jeune brebis candide aveuglée par l'auréole de son berger adulé. Dépitée, elle me présente ses paumes en pinçant les lèvres, ce qui doit signifier à peu de chose près : « Tant pis pour vous. Je vous aurai donné votre chance. » Puis elle disparaît sous la planche en formica pour ranger ses cartons.
Bon. Ce n'est pas nouveau, le puritanisme crédule est un marché porteur. Mais je dois reconnaître que l'ami Cornie est un expert en la matière. Si la moitié des fidèles présents achète au moins un article après avoir claqué à l'entrée les vingt tickets obligatoires pour obtenir le simple droit d'en dépenser d'autres à l'intérieur, on se dit que, décidément, il fait bon prêcher, dans ce pays. Tout ça me donne de plus en plus la nausée. Même au Vatican, ils essaient encore de faire semblant. Un peu. Tandis que là… Ça pue la grosse arnaque à plein nez. Je sens que je ne pourrai jamais tenir ma promesse

de la mettre en veilleuse jusqu'à la fin de cette triste pantalonnade. Alors pour éviter de craquer tout de suite, je décide d'arracher Sam à sa passionnante lecture.

– Sam ?... Excuse-moi, mais je suis crevé. Il faut que je me pose. Tu ne veux pas qu'on aille se prendre un jus quelque part ? Et puis comme ça, on en profitera pour discuter un peu.

Bingo ! Cette dernière proposition ne pouvait mieux tomber. Elle se débarrasse immédiatement de son bouquin et me prend la main, rayonnante. Une discussion ! Sa réaction me fait prendre conscience qu'elle n'attendait probablement que ça depuis notre arrivée, sans toutefois oser me l'imposer. Je dois avouer que j'en ai très envie moi-même. Tout s'est enchaîné si vite depuis ce matin que nous n'avons même pas pris le temps d'avoir une bonne conversation, seul à seul, entre mari et femme. Ce n'est pourtant pas faute d'avoir des choses à nous dire.

– Bien sûr mon chéri, je comprends. Tiens, regarde le panneau, là-bas. Il y a un fast-food à l'étage supérieur. On va pousser jusque-là, c'est justement sur notre chemin. Ça te va ?

– Super. Je boufferai une cochonnerie pleine de sucre, ça me redonnera des forces. Je sens que je vais en avoir besoin.

Bill

Arrivés sur place, mauvaise surprise. Le snack est bondé. La foule qui patiente devant les caisses est impressionnante. Ben oui, tous ces livres en papier tout sec, ça donne soif. Nous ne sommes pas les seuls à avoir eu l'idée de nous réhydrater avant d'assister au grand feu d'artifice spirituel.

Très gentiment, Sam me demande ce que je souhaite commander - des donuts glacés au citron et un Sprite taille moyenne - puis me conseille de repérer une place de libre et d'aller m'y reposer pendant qu'elle fait la queue. Elle n'a pas besoin de me le répéter deux fois, monter les marches jusqu'ici m'a exténué. Je lui claque un smack sur ses lèvres délicieuses et m'éloigne à petits pas dans la salle. Au bout d'une minute, j'opte pour une petite table carrée en plastique, couleur café au lait, qu'un couple de vieux vient de quitter. Elle est accolée à l'une des baies vitrées du fond de la pièce, un peu à l'écart de la cohue générale.

À peine assis, un grand escogriffe bedonnant se plante devant moi. Look plutôt cool, longue crinière blonde et bouclée, regard bleu profond, probablement la quarantaine. Il porte un jean noir et une chemise rose aux manches retroussées à demi ouverte sur un torse bronzé velu décoré d'une grosse chaîne en or, au bout de laquelle pendouille un imposant crucifix serti d'un rubis bien tape-à-l'œil collé en plein centre. Le bonhomme tient un plateau entre ses mains. Pas difficile d'en déduire qu'il cherche un endroit où le poser pour attaquer sa pitance. Il désigne le second siège du regard, de l'autre côté de la table.

– Excusez-moi de vous déranger, mais... Ça vous ennuie si je m'installe ici ? J'ai dû apercevoir cette place en même temps que vous, mais j'ai mis une plombe à me frayer un passage au milieu de cette foire d'empoigne !

– Ben... C'est-à-dire que ma femme est en train de commander. Elle ne va pas tarder. Mais en attendant, allez-y, je vous en prie.

– Merci, c'est très aimable à vous. Je viens de poireauter pendant un quart d'heure dans la file d'attente, je suis affamé. Rassurez-vous, je vais faire vite.

Et pour le prouver, il s'assoit séance tenante, plante une paille dans le couvercle en plastique de son énorme verre de Coca et ouvre délicatement l'emballage plein de taches de gras d'un Double Bacon with Cheese d'où dégouline une épaisse sauce jaunâtre. Puis il contemple l'ensemble d'un œil gourmand avant de se passer les deux mains dans les cheveux et de se frotter vigoureusement l'arrière du crâne, les yeux plissés de bonheur et la bouche déformée par un rictus de plaisir. Drôle de façon de se laver les mains avant de passer à table - enfin, à tout prendre, mieux vaut avant qu'après... Son rituel terminé, il s'apprête à saisir son hamburger à pleines paluches lorsque son regard se fige, les deux bras en équilibre. Il relève la tête et me tend la main en affichant un grand sourire béat.

– William... William McFool. Mes amis m'appellent Bill. J'arrive de Miami, où je travaille dans le bâtiment. Pardonnez mon indiscrétion, mais... Vous êtes français, c'est ça ?

– On ne peut rien vous cacher, dis-je en lui serrant son grattoir capillaire. François Poupard, enchanté. J'habite Miami également, depuis cinq ans. Je suis décorateur d'intérieur. Avec un accent comme le mien, pas besoin de béret sur la tête, pas vrai ?

Il se marre. La simplicité des rapports humains a quelque chose de fascinant, dans ce pays. Je suis toujours surpris par la capacité des gens à engager une conversation avec le premier venu. En France, on observe trop souvent l'autre avec suspicion avant de daigner le saluer du bout des lèvres. La chaleur de ce brave type dans cet univers si déprimant me réconforte. Il me donne envie de poursuivre la conversation. Je le laisse avaler quelques bouchées de son hamburger et l'interroge :

– Vous avez déjà assisté à un spectacle de ce genre ?

– Spectacle ? Je ne sais pas si le terme est bien approprié. Vous n'avez pas dû le voir souvent, le pasteur Cornelius, pour dire ça. Vrai ?

– Vrai. En ce qui me concerne, c'est la première fois.

– Alors vous êtes pardonné ! Moi, la première fois, c'était il y a trois ans, à Miami. Au début, j'étais comme vous. Mais sans vous mentir, il a bouleversé ma vie. Je n'exagère pas ! Faut que je vous explique : y a une dizaine d'années de ça, je suis tombé dans la dope. Accro au crack, la pire des saloperies. Pour moi, c'était mal barré. Et puis j'ai rencontré Susan, ma future. Elle bossait pour une association de réinsertion des toxicos qui m'avait ramassé sur le trottoir. C'est elle qui m'a aidé à m'en sortir et à retrouver du boulot.

Mon « invité » fait une courte pause pour boire une longue gorgée de soda. Il réprime un renvoi intempestif comme il peut et reprend son histoire.

– Un jour, alors qu'elle était enceinte de huit mois et que tout allait super bien pour nous, elle s'est fait renverser par une bagnole à un carrefour. L'accident con, elle n'avait pas fait gaffe avant de s'engager, le feu était encore vert. C'est l'hôpital qui m'a prévenu. Elle est restée une semaine dans le coma. Les médecins m'ont dit que le bébé était toujours vivant, mais qu'il allait probablement falloir la sacrifier pour le sauver. En gros, ils me demandaient de choisir entre elle et lui. Sinon, je risquais de perdre les deux. Je ne savais pas quoi faire, j'étais complètement paralysé, vous imaginez.

Nouvelle pause. Il engloutit un dernier morceau et continue la bouche pleine, en repassant ses deux mains dans les cheveux comme tout à l'heure - perdu.

– Et puis c'est là qu'un miracle s'est produit...

– Un miracle ?

– Ouais, un miracle. Un vrai de vrai. Un copain noir très pratiquant m'a parlé d'un certain pasteur Cornelius, qui devait justement venir prêcher à la marina de Miami à ce moment-là. À l'époque, y a eu tout un barouf à la télé. C'était un sacré événement pour la ville ! Ça ne vous rappelle rien ?

– Non, mais j'en ai entendu parler depuis.

– Eh ben ce copain m'a conseillé d'aller le voir et de prier pour ma femme et mon gosse. Moi, l'église, ça faisait un bon moment que j'y avais plus foutu les pieds. Alors je n'y croyais pas trop, à son truc. Je me disais qu'avec mon passé agité, je ne devais certainement pas figurer sur la liste des priorités du Bon Dieu. Mais puisque je n'avais rien à perdre, j'ai dit oui.

– Ça se défend.

– Et là, j'ai découvert quelque chose de génial. Y avait une ferveur, là-dedans ! Ça m'a retourné. Mais je préfère ne pas vous en dire plus, ça vous gâcherait la surprise. Tout ce que je peux vous assurer, c'est que j'ai prié comme un dingue. Et trois jours plus tard, ma Susan se réveillait à l'hosto. Toute seule, comme une grande. La semaine d'après, elle accouchait d'un superbe petit Kevin en parfaite santé ! D'ailleurs, c'est pour ça que je suis seul ce soir. Elle le garde à la maison. Alors ? Qu'est-ce que vous pensez de ça ?

Comme ça, à chaud ? Que ta crédulité est attendrissante et que ta femme et ton gamin ont eu beaucoup de chance, mon gars. Mais ça, je ne peux pas te le dire franco. Je joue les dubitatifs.

– Je ne sais pas trop...

– Ouais, je me mets à votre place, c'est vrai que ça paraît incroyable. Mais Dieu, il est comme ça. Il vous prend comme vous êtes, sans juger votre passé. C'est votre âme qui l'intéresse. Et si elle est sincère et pure quand vous décidez d'aller à sa rencontre, alors vous pouvez compter sur lui.

« Il vous prend comme vous êtes... » Et ton héros, le pasteur Cornelius, combien il t'a pris pour te mettre

dans cet état ? Face à moi, Bill s'enflamme. Sa bonhomie a disparu. Son regard devient subitement grave, presque sévère. Il se penche soudain au-dessus de la table et me désigne le plafond du doigt en murmurant :
– Comprenez-moi bien... « Fwançois », c'est ça ?

C'est toujours comme ça. Espérer d'un anglophone qu'il prononce correctement les « r », c'est comme demander à un nourrisson de déguster son biberon avec des couverts. Faut être patient. À ce petit jeu, Takawa s'est montré de très loin le plus doué, peut-être parce qu'il n'est pas américain d'origine. Au bout de la troisième ou quatrième visite, il a même poussé jusqu'à me donner du « monsieur » en français dans le texte. Vu ses tarifs, ce petit plus devait lui sembler naturel.

En face, Bill continue.

– Dieu peut tout. C'est lui le plus fort. Il faut croire en lui, sa bonté est infinie. Quels que soient les malheurs qui s'abattent sur vous, n'en doutez jamais. Il est avec vous comme vous devez être avec lui. Toujours !

Merveilleux programme, mon pote. Mais peut-être un peu court pour un jeune de trente-trois balais en stade terminal d'un cancer généralisé. Il aurait fallu y penser avant. Moi, ce n'est pas mon réveil dans trois jours, qui est en jeu, c'est mon sommeil dans trois mois. Mon sommeil éternel. Mais ça, c'est quelque chose que tu ne peux pas comprendre. Ni toi ni personne d'autre, avec ou sans Dieu.

Mon silence ne l'inquiète pas le moins du monde. Lui aussi est tout seul dans son trip. Une nouvelle fois, il se métamorphose en s'écrasant contre le dossier de sa chaise, euphorique.

Sur la Terre comme au ciel

– Depuis cette histoire, j'ai formulé le vœu de retourner à la messe tous les dimanches et de ne jamais plus rater un passage du pasteur Cornelius en Floride. Y a deux ans, j'étais à Key West. Et l'année dernière, à Orlando. Fantastique ! Alors ce soir, vous ne pouvez pas imaginer combien je suis impatient de le revoir. Ça fait des mois que j'espérais ça ! J'en peux plus d'attendre ! J'en peux plus ! Oh ! si seulement vous pouviez connaître ça !

Sûrement. Malheureusement, ce n'est pas le cas. Et pour tout dire, la présence à ma table de cet énergumène jovial me met de plus en plus mal à l'aise. Son témoignage ne m'a pas convaincu et ça me fout les boules. Pire, il vient de flinguer brutalement mes derniers relents d'espoir sans faire de prisonniers. Alors c'est ça, une heureuse coïncidence d'une banalité à pleurer, c'est tout ce qu'il y a en magasin au rayon bouées de sauvetage ? Merde ! Si c'est ça, le miracle promis par Jodie, j'ai du mouron à me faire.

– Ça va mon amour ? Tu me présentes ?

Sam ! Absorbé par le récit de Bill, je ne l'ai pas vue venir. Son arrivée est providentielle. Elle se tient debout devant la table, un gros sac en papier marron dans les bras. Bill se lève précipitamment en soulevant son plateau. Il se déplace et lui offre sa chaise.

– William McFool, heureux de faire votre connaissance.

– Sam Poupard, lui répond-elle sur un ton neutre avant que j'aie le temps d'intervenir. Tout le plaisir est pour moi.

À la remorque, j'essaie quand même d'exister comme je peux sans décoller de mon siège :
— Sam, ma femme... Bill, un fervent admirateur du pasteur Cornelius...
— Vous avez là une bien belle épouse, Fwançois, me félicite-t-il avec conviction. Si si, j'insiste. J'en connais plus d'un qui serait ravi d'être à votre place, pour sûr !

Gros silence gêné, le temps qu'un ange obèse passe lourdement au-dessus de nos trois têtes. Sam toussote et change de sujet.

— Tiens, j'ai tout mis dans un sac à emporter. Je me suis dit que tu préférerais peut-être qu'on aille directement s'asseoir dans la salle...

— Non, c'est gentil. On n'est pas trop mal, ici. Autant profiter de la table et de la lumière du jour avant d'être enfermés dans le noir pendant deux heures.

Sans attendre, je déballe les paquets. Bill a compris le message. Il dérange et se lève.

— Bon, eh ben il ne me reste plus qu'à vous souhaiter une excellente soirée à tous les deux. Vous verrez, vous ne serez pas déçus. Je vous le garantis.

— Merci, Bill. Et au plaisir.

— Au revoir Monsieur, renchérit Sam. Bonne soirée à vous aussi.

— Oh ! pour ça, ne vous inquiétez surtout pas pour moi ! Et que Dieu vous bénisse !

Après nous avoir tourné le dos, il s'éloigne de quelques mètres pour jeter ses détritus dans un emplacement prévu à cet effet. Mais au lieu de continuer vers la sortie, il hésite un court instant et revient vers nous. Passablement embarrassé, il s'adresse à moi sur le ton coupable de celui qui ne peut réfréner une question indiscrète.

— Pardonnez ma curiosité, Fwançois, mais je voulais vous demander une dernière chose, tout à l'heure. C'est que... Vous n'avez pas l'air de quelqu'un de très pratiquant. Alors je suppose que vous devez avoir une sérieuse motivation pour venir voir le pasteur Cornelius pour la première fois. Je... J'ai remarqué votre mine pâle, votre minceur aussi... Vous n'êtes pas au mieux de votre forme, ça se voit. C'est... C'est grave ?

— Cancer de la peau. Stade terminal. Trois mois à vivre. Au mieux.

Quatre Scuds, tir groupé. Ils sont partis comme ça, d'un seul coup. Je les ai balancés d'une voix blanche, monocorde, en le regardant droit dans les yeux. Pour me venger. Méchanceté gratuite, c'est vrai, mais c'est comme ça. Toute ma frustration accumulée pendant notre conversation est partie avec. Tant pis pour lui. Fallait pas me tendre le bâton.

Sam n'a pas bronché. Merdeux, Bill accuse le coup comme il peut.

— Oh... Je suis vraiment désolé ! Je ne voulais pas... Je... Alors je vous souhaite bonne chance. J'espère que le pasteur saura vous apporter le réconfort dont vous avez certainement besoin...

La main sur le palpitant, les prunelles embuées de larmes et la voix chevrotante, il conclut :

— Moi, je vous promets de prier pour vous tout spécialement. De tout mon cœur. J'ai été sincèrement heureux de faire votre connaissance et... Enfin, n'oubliez pas que quoi qu'il vous arrive, Dieu veillera sur vous.

Fin de la parenthèse Bill McFool. Cette fois, il met les voiles pour de bon sans demander son reste.

Samantha

Sam finit de répartir la bouffe sur la table. Mes donuts glacés au citron et mon Sprite d'un côté, une salade composée accompagnée d'une mini bouteille d'eau minérale de l'autre. Elle écrase ensuite le sac en papier entre ses mains et le pose sur un coin en me dévisageant.
– Qu'est-ce qui t'a pris d'être aussi agressif avec lui ? Il avait l'air plutôt sympa, ce type, non ?
Moi, faux-cul :
– Agressif ? Ah bon, tu crois ? Je ne m'en suis pas rendu compte.
– C'est ça, prends-moi pour une conne ! Allez, te fais pas prier, raconte-moi...
– Bah rien de bien transcendant. Il voulait me vendre sa théorie du miracle et ça m'a gonflé, c'est tout. J'ai un peu de mal à être diplomate, en ce moment. J'ai droit à des circonstances atténuantes, non ?
– OK, j'insiste pas...
Elle baisse les yeux et réfléchit un court instant avant de me lancer, tout sourire, les deux mains appuyées sur le rebord de la table :
– Attaque tes beignets, va ! Ça te changera les idées.
Pour montrer l'exemple, elle ouvre une dose de vinaigrette et en répand le contenu visqueux sur ce qui

ressemble à des feuilles de laitue desséchées, agrémentées d'improbables ingrédients multicolores. Elle plonge ensuite ses couverts en plastique dedans et commence à mélanger l'ensemble avec entrain. Des petits morceaux de tomate d'un rouge douteux et des grains de maïs blanchâtres tombent de part et d'autre de sa barquette, sur la grande feuille de papier placardée de pubs qui protège la table. Elle les ramasse un à un, étrangement confiante quant à l'hygiène de son napperon promotionnel, puis les replace délicatement au-dessus du reste. Je la regarde faire d'un œil absent, perdu dans mes pensées.

« Ça te changera les idées. » Sa dernière phrase me revient dans la tête comme un leitmotiv. Non seulement elle ne m'incite pas à le faire, mais elle me renvoie au contraire avec cruauté à ma condition de condamné à mort à moitié fusillé. Une cruauté d'autant plus assassine qu'elle est involontaire - je le sais, Sam donnerait n'importe quoi pour me soulager. C'est à ce genre de petits riens que je prends pleinement conscience de mon impasse. La voie sur laquelle je suis engagé malgré moi n'offre plus aucune bifurcation possible. Je peux bien essayer de penser à autre chose en regardant à droite ou à gauche, mais il n'y a ni porte ni fenêtre dans ce dernier couloir de ma vie. Aucune issue de secours. Quoi que je fasse, c'est devant que ça se passe. Et devant, il n'y a rien.

« Ça te changera les idées. » Il y a encore trois mois, je n'y aurais même pas prêté attention. Expression toute faite, comme il en existe tant d'autres. Et puis la nouvelle de mon cancer est tombée. « Stade IV ». Tout a basculé dans ma tête. Pas d'un seul coup comme ce matin - ça, c'est encore autre chose, quand l'officier du peloton vient vous finir en posant son flingue sur votre tempe et que vous sentez votre sang se glacer d'un seul coup avant même que votre corps ne refroidisse ; non, ce basculement a d'abord été progressif : je me suis mis à écouter, voir, sentir, goûter et toucher comme je ne l'avais jamais fait auparavant, avec une fascination décuplée pour tout et tout le temps, en proie à une avidité boulimique des sens impossible à satisfaire. Je me suis rendu compte que pour celui qui a le temps de la voir arriver comme moi, la mort est précédée d'une renaissance sadique. Parce que si l'on écoute, voit, sent, goûte et touche les choses avec une curiosité sans pareille, on se demande dans le même temps à quoi cette masse d'informations pourra bien servir. Une valise de souvenirs pour le grand voyage ? Peut-être bien. Une malle de regrets, sûrement.

« Ça te changera les idées. » Pour Sam comme pour des millions d'autres gens, cette phrase et bien d'autres sont toujours aussi anodines. Mais pour moi, depuis trois mois, depuis ce matin, elles rendent mon obsession plus obsédante encore. Elles incarnent l'ultime compte à rebours qui rythme les derniers mètres avant le trou. Chaque fois que je fais mine de penser à autre chose, de m'évader de ma réalité tragique, ce sont précisément ces phrases-là qui me rattrapent pour mieux me tétaniser. C'est à cause d'elles que je parle si peu avec ma femme. Sam n'est pas responsable de ce qui se passe dans ma tête et je ne veux pas ajouter à sa souffrance en lui reprochant un soutien parfois maladroit. Idem pour mes parents, à qui j'ai froidement commandé de ne surtout pas me rejoindre ici, aux États-Unis - mon père voulait carrément fermer son cabinet de dentiste pour être totalement disponible pendant toute la durée de ma « convalescence ». Je ne veux pas porter le fardeau de leur peine à tous les trois. Pas tout de suite, en tout cas. Et je ne veux pas non plus leur communiquer mes angoisses. Loin de me soulager, cela ne ferait qu'aggraver les leurs, donc les miennes par ricochet. Je refuse de m'engager dans ce cercle vicieux qui ne demande qu'à s'emballer, comme une bille lancée sur les bords d'un entonnoir, tournant de plus en plus vite en se rapprochant de la bonde dans laquelle elle est inexorablement vouée à disparaître. De toute façon, j'y vais, moi, vers cette bonde. Avant tout le monde. Alors inutile de venir me donner une petite tape dans le dos pour me donner de l'allant.

Ironie du sort, c'est donc en compagnie de ma femme, la personne qui m'est la plus proche, que je me sens paradoxalement le plus seul. Seul avec mes « idées », qui se résument à peu près à ça : quand je ne m'interroge pas sur ma future mort, c'est sur ma vie passée que je me pose des tas de questions. Et malheureusement, rien ni personne ne peut y répondre à ma place. Rien ni personne ne peut me les « changer », ces idées noires. Ni ma femme, ni un donut glacé au citron. Dans mon cas, il n'y a pas de réclamation possible ; brutale ou mijotée, la mort n'a pas de service après-vente.

– Tu ne manges pas ? Tu ne vas pas bien ?

Sam a reposé sa fourchette sans avaler sa première bouchée. Elle s'inquiète. Elle a horreur de me voir les yeux perdus dans le vide comme maintenant.
– Encore ces nausées, soupçonne-t-elle d'un ton inquiet... Tu veux prendre un de tes comprimés tout de suite ?
– Non, rassure-toi. À part la fatigue, je ne me sens pas trop mal. Je pensais juste à...
Court silence. Elle me relance timidement :
– À ?...
Rien à faire, je n'y parviens pas. Chaque fois que je veux discuter avec elle de ce qui me préoccupe vraiment, j'ai le cœur qui se met à battre la chamade comme un ado liquéfié par la trouille à l'idée d'avouer sa poussée d'hormones à son élue boutonneuse. L'enjeu me paraît démesuré. Et pourtant, je la regarde là, assise devant moi, pendue à mes lèvres, n'attendant qu'un signe pour voler à mon secours. Par amour. Mais je ne réussis pas à briser la glace qui nous sépare, cette glace que j'ai volontairement installée, par amour moi aussi. Je botte en touche. Une fois de plus.
– Oh ! rien... Bon ! Ce n'est pas tout ça, mais j'ai besoin de forces, moi ! Et pour une fois que je n'ai pas envie de gerber rien qu'en reniflant l'odeur de la graille, je ne vais pas m'en priver !
Dommage. Sam masque sa déception en inclinant la tête et touille pensivement sa salade avec son couvert. D'une patience à toute épreuve, elle attendra la prochaine ouverture pour me tendre à nouveau la main. Je la connais trop bien pour savoir qu'elle ne mettra pas elle-même les pieds dans le plat avant de saturer vraiment.

Elle aussi appréhende de parler ouvertement avec moi de la raison profonde de notre présence ici. Pour moi, pour elle. Et puis même les plus rationalistes ont leurs superstitions. Aucun de nous n'y échappe. Or dans notre tête à tous les deux, ajourner cette conversation, c'est comme reculer l'échéance de ma mort.

L'un après l'autre, nous commençons à manger dans un silence pesant. Comme deux étrangers. Les cris des gamins qui courent dans les allées et les conversations animées des tables voisines ne font que glisser sur les parois invisibles de notre bulle sépulcrale. Ça bouge, ça hurle et ça rit dans tous les coins, mais nous ne l'entendons pas. Tout en avalant mes beignets, je regarde cette agitation comme on visionnerait un film muet des années 20. Cette effervescence me rappelle l'ambiance d'un fast-food anonyme d'un quartier pauvre à une heure de pointe. Toutes les origines et tous les âges sont représentés là, avec pour seul objectif commun d'ingurgiter le maximum de graisse et de sucre en un minimum de temps. Le reste n'existe pas. Pour un peu, j'en oublierais presque le pasteur Cornelius.

« Le pasteur Cornelius. » La seule évocation de ce nom me met hors de moi. Je repose nerveusement la moitié d'un donut sur la table et m'envoie une grande gorgée de soda. Je repense à l'ultime recommandation de Jodie : « Et pour une fois, essaie d'y croire un peu toi aussi. » Eh ben non, je n'y crois pas. Je n'y ai jamais cru. Si la foi peut déplacer des montagnes, comme elle a voulu me le faire gober avec ses expériences statistiques, alors je ne bougerai pas même un caillou. La mayonnaise ne prend pas. Si je suis là, c'est uniquement pour Sam. Parce qu'elle se plie en quatre pour moi et que l'idée qu'elle puisse regretter quoi que ce soit quand j'aurai passé l'arme à gauche m'est insupportable. Mais je ne comprends pas que tout ce que nous avons vu ici depuis notre arrivée ne l'ait pas déjà dégoûtée au point de faire demi-tour. Elle n'est pas aveugle, merde !

Tout ce cirque est lamentable. Assister au prêche d'un soi-disant homme de Dieu pété de thunes dans une soucoupe volante de dix-huit mille places, c'est un peu court comme thérapie de la dernière chance. N'avons-nous pas mieux à faire, tous les deux, pendant le peu de temps qu'il me reste à vivre ? N'avons-nous pas mieux à partager que toute cette comédie commerciale pour paumés dépressifs ? Je n'en ai rien à foutre, moi, de venir grossir les rangs de la secte d'un escroc de l'âme qui fait du lard sur le désespoir ou la stupidité de tous ces bœufs puritains ! Engraisser dévotement la couenne de cet empaffé de Cornelius n'empêchera pas les vers de continuer à boulotter tranquillement la mienne. Que la femme que j'aime puisse croire le contraire, poussée par l'accablement, me fend le cœur ! Une crise d'angoisse face à la mort ? Je peux l'accepter. Un sursaut spirituel impérieux dicté par le doute ? Je le conçois. Mais elle a l'air si calme, si apaisé dans cet univers caricatural ! Il y a trois mois, elle aurait explosé de rage en découvrant tout ce business puant organisé autour de ce mensonge de masse. Je ne la reconnais pas. Elle le sait bien, pourtant, que retourner sa veste ne changera rien pour moi. Elle va se faire mal, voilà tout. Je voudrais comprendre... Qu'elle m'explique, au moins, je mourrai moins con !

C'est plus fort que moi, il faut que je lui pose la question.
— Sam ?...
— Oui ?
Elle aussi regardait droit devant elle, fixant un point imaginaire à l'horizon. En interrompant sa réflexion, je réalise soudain que c'est la discussion tant redoutée que je viens de déclencher dans un accès de colère intérieure. L'irritation l'a emporté sur l'appréhension. Il faut aller jusqu'au bout, maintenant. Mais je ne veux pas l'agresser. Je dois me calmer d'abord.
— Euh... C'est bon ? Tu ne dis rien...
Petit soupir amusé en guise de réponse. Elle pose sa fourchette et me caresse la joue de sa main chaude - une main de guérisseuse, dirait Jodie. Il y a deux ans d'un amour passionné dans cette caresse-là. Exactement ce qu'il fallait pour évacuer toute ma tension. Elle plonge son regard bleu dans le mien et me provoque, mi-attendrie, mi-moqueuse :
— Dites-moi, Mister Poupade, et si vous me posiez votre question directement, plutôt que de tourner autour du pot de ma salade peu ragoûtante ?
Touché. Inutile de m'embarrasser plus longtemps de ma volonté de la ménager, la ruse est éventée. Tant mieux, ça me soulage. Je n'ai donc plus qu'à m'exécuter.
— Dis-moi franchement... Tu crois vraiment qu'on a notre place ici ? Tu crois vraiment que participer à cette mascarade jusqu'au bout changera quoi que ce soit ?
Toujours les yeux dans les yeux, elle réfléchit quelques secondes en se mordillant les lèvres.

– Mon amour, souviens-toi de ce que tu m'as dit dans l'appart, avant de partir : « Promis ma chérie, je vais essayer d'y croire moi aussi... »
– Je m'en souviens, Sam, je m'en souviens. Et je le fais. Je ne fais même que ça depuis que je suis sorti de la bagnole. Mais je n'y arrive pas.

Sur un ton quasiment inaudible, j'ajoute, piteux :
– Je suis désolé.

Nos deux avant-bras sont posés sur la table, emboîtés l'un dans l'autre, collés à la vitre. Cette fois, c'est moi qui la caresse de mes longs doigts gelés. Elle me regarde les yeux humides, prête à fondre en larmes, et tourne aussitôt la tête vers l'extérieur.

– Je ne sais pas, poursuit-elle... Fais comme moi, oublie tes idées reçues quelques heures. Donne-toi cette chance. Donne-nous cette chance... Sinon, ce n'est même pas la peine d'attendre le début du prêche. Autant retourner à Miami tout de suite.

– Écoute, si ça peut te rassurer, il n'est pas question de faire marche arrière avant de l'avoir vu, ce fameux Cornelius. À défaut d'avoir trouvé la foi, j'ai une curiosité à satisfaire, désormais. Avec tout ce que j'ai vu et entendu jusqu'à présent, je veux au moins savoir à quoi il ressemble, ce foutu zèbre.

– On n'est pas dans un zoo, François ! Si c'est juste une affaire de curiosité, comme tu dis, on part battus d'avance. Y a pas de cacahuètes à lancer, ici ! T'aurais mieux fait de t'acheter une Bible et de la lire allongé sur la terrasse.

Temps mort. Mon cynisme lui fait de la peine. Mais c'est ma carapace, le seul moyen que j'ai trouvé de lui dissimuler mon désespoir. Et puis je ne lui ai pas tout dit. Il y a autre chose. Quoi exactement, je ne le sais pas moi-même. Mais je profite de ce dialogue pour tenter de mettre des mots dessus. Je continue.

– Ce n'est pas ce que je voulais dire... Évidemment que ce n'est pas qu'une affaire de curiosité ! Je ne sais plus trop où j'en suis, Sam... D'un côté, je sens une force qui me pousse malgré moi. De l'autre, j'ai tellement peur d'être déçu !... Alors je ne peux pas me lâcher complètement... Même si, au bout du compte, dans ma situation, c'est vrai que je n'ai rien à perdre.

Ces derniers mots à peine prononcés, je les regrette déjà. Depuis trois mois, je me comporte toujours de la même façon : dès qu'une lueur d'espoir commence à scintiller dans mon esprit torturé, je m'emploie à souffler moi-même dessus dans la seconde qui suit. Un pas en avant, deux pas en arrière... Comme pour me punir d'avoir osé rêver. Du coup, je décide de refermer sans attendre la porte que ma tirade vient d'entrouvrir.

– Qui sait ? Il va peut-être effectivement réussir à me convertir, ton guignol... À me sauver, même !

On ne se refait pas. Dans le genre humour d'un goût douteux, c'est nickel. Elle, furieuse :

– Ce n'est pas « mon » guignol et tu ne crois pas un mot de ce que tu viens de dire.

Faux. Grâce à elle, je viens subitement de comprendre. Elle a tort et c'est justement ça qui me fait flipper. J'ai beau condamner toute cette comédie spirituelle gluante, je sais qu'une partie de moi rêve de pouvoir s'y abandonner totalement. Inutile de le nier, c'est même très exactement à cause de ça que je la dézingue autant.

Par fierté. Désespéré, je suis devenu la cible idéale du gourou Cornelius. Si ma raison lui résiste encore, mon instinct de survie est déjà prêt à avaler ses couleuvres. Mieux, il n'attend que ça. J'ai les foies, nom de Dieu ! Les foies ! Si seulement Sam pouvait comprendre ce que je ressens ! Si seulement elle pouvait me soulager du poids de cette terre froide que je sens déjà recouvrir tout mon corps !

C'est le moment où jamais de le lui dire, après tout. Tant pis pour les conséquences, je me lance :

– Ce n'est pas aussi simple, Sam...

– Qu'est-ce qui n'est pas aussi simple ? répond-elle en reniflant.

Elle me regarde à nouveau.

– Ce qui se passe dans ma tête en ce moment. Tu sais très bien que je joue les durs avec mes vannes lourdingues, mais la vérité, c'est que j'ai les grelots. Malgré tout le mal que je peux en penser, je viens de prendre conscience que... Enfin, j'espérais que cette expérience me rassurerait un peu. Je me disais qu'il n'y a que les cons qui ne changent pas d'avis et... Même si ce n'était pas aussi clair dans mon esprit, je... Je misais secrètement sur ce voyage pour me donner une chance, comme tu dis. Mais regarde autour de nous : comment voir autre chose que la confirmation de ce qu'on a toujours pensé ? Y a rien de concret derrière cette crédulité bovine de grande surface !

Il n'y a rien de concret là-dedans, mais j'éprouve tout de même le besoin de baisser les yeux pour l'affirmer haut et fort.

– Je me fais honte. Je me fais honte, mais je réalise que moi aussi j'ai envie d'aller au bout, de crever l'abcès de mes propres contradictions. Peut-être que je voulais simplement confronter ma théorie à celle d'un cureton juste avant la mise en bière. Au cas où. Mais je me demande si j'ai bien frappé à la bonne porte.

Face à moi, Sam vient de retrouver le sourire. Elle essuie ses larmes d'un revers de la main et enchaîne.

– François, regarde-moi... Je ne vis pas autre chose, tu sais. Tu dis qu'il n'y a que les cons qui ne changent pas d'avis. Eh bien c'est exactement ce que je me répète depuis trois mois : « Et si je m'étais trompée ? Et si notre rationalisme buté à tous les deux constituait le seul véritable obstacle à ta guérison ? »

– Sam... Moi aussi, je me suis posé cette question. Je n'ai pas cessé de le faire, même. Mais il faut voir la vérité en face : tout ça, ce ne sont rien que des bobards, des suppositions para-machin générées par la trouille. Tandis que mes métastases à moi sont bien réelles, elles. Tout ce qu'il y a de plus scientifiquement réelles ! Et elles continuent de se reproduire joyeusement alors qu'on n'a toujours pas vu la queue d'un ange !

Sam préfère ignorer ma provocation. Plus déterminée que jamais, elle enfonce le clou.

– Ce n'est pas Jodie qui m'a convaincue de venir ici... Je l'étais déjà avant de lui parler au téléphone.

Moi aussi, sans doute. Dans ma situation, on se raccroche à tout ce qui passe. Mais bon sang, on va où, là ? C'est du délire ! Je refuse de cautionner cette imposture morale. Désolé, François Poupard est beaucoup trop fier pour se prostituer le neurone en pure perte, c'est clair ?

Sur la Terre comme au ciel

Parce que si vendre son âme à Dieu avait jamais rapporté quelque chose, ça se saurait ! Quitte à sombrer dans l'invraisemblable, c'est Belzébuth qu'il fallait sonner. Au moins, Faust ne s'est pas planté de porte, lui.

Ma colère se réveille. Subitement, j'en veux au monde entier d'avoir envisagé de me faire sciemment la dupe de tout ce cinéma, je veux me rebeller contre ma propre bêtise. Et c'est naturellement Sam, la pauvre, qui prend pour les autres.

– Tout le monde peut se tromper, ouais, c'est exactement ça, Sam ! Mais tout dépend de quoi on parle. Est-ce qu'on ne s'est pas gourés, nous, en essayant de nous laisser convaincre par toutes ces conneries ? Tu ne crois pas que ça nous apaiserait tous les deux si on reconnaissait que cette putain de faucheuse nous a effrayés au point de nous faire déraper dans la guimauve ? Tu ne comprends pas que j'ai besoin de repères, de certitudes, moi, en ce moment ? De certitudes ! Pas de doutes ! Et surtout pas de doutes alimentés par des parapsychologues allumés ou des pseudo-croyants qui partagent la même crédulité puérile pour l'irrationnel !

Bizarrement, ma gueulante n'a énervé que moi. Sam est demeurée d'une sérénité déconcertante. D'ailleurs, ça m'en a coupé le son. Sans me quitter des yeux, elle repousse sa barquette pratiquement vide au milieu de la table et croise ses avant-bras devant elle pour prendre appui. Ma franchise de tout à l'heure lui a donné une assurance inébranlable. Depuis, les rôles se sont inversés. C'est elle qui dirige la conversation.

– François, réplique-t-elle calmement… Et si tu te détachais un peu de la forme ?

– De la forme ?
– Oui, de la forme. Le fond, la forme… Tu vois où je veux en venir ?
– Pas vraiment, non…
– Tu accordes beaucoup trop d'importance aux apparences. Tu manques de recul. Je t'ai observé très attentivement, tu sais. Ce que tu critiques avant tout, ce que tu ne supportes pas, c'est la coquille de ce pasteur. Le contenant, tout ce qu'il y a autour de son discours. Et, je te le concède, la dévotion quasi fanatique de certains de ses fidèles.
– Des fanatiques, c'est le mot.
– Ne me coupe pas, s'il te plaît ! Qu'est-ce qu'on a vu d'autre que cette foutue coquille, pour l'instant ? Rien. Toi et moi sommes venus ici pour entendre cet homme et, peut-être, remettre en cause nos vérités afin de prier avec lui en demandant l'impossible au Grand barbu, à Dieu ou aux dieux, appelle ça comme tu veux. Mais tout ça ne démarrera pas avant une demi-heure. Tu m'as dit toi-même que tu étais prêt à tout faire pour y croire, pour jouer cette carte-là à fond. Au-delà de ton exaspération bien compréhensible, tu m'as prouvé que tu avais toujours envie de vivre, de te battre. Alors, ne perds pas toute ton énergie, ne te perds pas toi-même dans un procès d'intention qui risque d'étouffer dans l'œuf tes résolutions, d'accord ?

Non, pas d'accord. Pas d'accord du tout, même. Tu réduis tout à un problème de forme parce que ça t'arrange, mais c'est bien sur le fond que je critique notre démarche : sans la mort et son cortège d'épouvantes, aucun de nous ne serait là en ce moment. On ne s'improvise pas croyant à la dernière minute. Si l'espoir donne parfois naissance à la foi, le désespoir, lui, n'enfantera jamais que la crédulité. Et je mets mon point d'honneur à ne pas tomber dans ce piège. Malgré tous mes efforts, malgré toutes mes peurs, je refuse d'« y » croire.

Autrement dit, les cartes sont truquées depuis le départ. On ne peut pas gagner cette partie-là. Mais comment te reprocher ton propre revirement ? Comment voir autre chose qu'une magnifique marque d'amour dans ta tirade partiale et volontaire sur les « apparences » ? C'est vrai qu'on ne sait encore rien de son message, à ce brave Cornelius. Et c'est vrai que la mise en bouche est écœurante. Mais ma réticence est beaucoup plus profonde. Je n'ai pas besoin de découvrir la suite pour m'en persuader. En t'écoutant, je viens de réaliser que toi, tu as la foi. Tu l'as probablement toujours eue sans le savoir. C'est parce qu'elle couvait sous tes certitudes rationalistes que tu peux aujourd'hui revoir la copie de tes convictions les plus intimes et le faire jusqu'au bout. Sans faiblir ni trembler. Depuis hier soir, depuis que l'idée de m'entraîner ici a germé dans ta tête, ce ne sont pas tes doutes qui te faisaient peur, mais les miens. Est-ce que j'allais vraiment jouer le jeu moi aussi ? Dès lors que je t'ai rassurée sur ce point, tu t'es métamorphosée. Ta détermination est écrasante. Des certitudes, tu es bien décidée à en avoir pour deux s'il le faut. Tu ferais n'importe quoi pour l'homme que tu aimes et cet homme, c'est moi. Dommage que ce soit un homme mort. Dommage pour lui, dommage pour toi. La vie est mal faite.

– François... D'accord ?

Son joli minois légèrement penché en avant, les deux poings résolus posés de part et d'autre de la table et les yeux écarquillés dans l'attente de mon approbation, Sam a définitivement pris le dessus. Las de batailler, je jette l'éponge. Je lui accorde le bénéfice du doute, Cornelius aura droit à une dernière manche. Bah ! Jodie l'a dit elle-même : « Si tu ne le fais pas pour toi, fais-le pour elle. » Rien que ça, c'est déjà une motivation suffisante, non ? D'ailleurs, je n'arrête pas de me la marteler dans le crâne depuis le départ. C'est elle qui m'a poussé à entreprendre ce chemin de croix ; il faudra bien qu'elle m'aide à l'achever.

Mouais. Il y a au moins un avantage à ma situation - c'est bien le seul : si vraiment je devais être déçu, Takawa m'a promis que ça ne durerait pas longtemps.

Sur un ton savamment étudié respirant la dignité volontaire, je m'apprête donc à entériner ma reddition lorsqu'une mamie voûtée poussant un fauteuil roulant dans lequel végète un légume fripé à lunettes nous alpague d'une voix chevrotante, dans le dos de Sam.

– Excusez-moi, jeunes gens... Je vois que vous avez bientôt fini votre repas. Serait-ce trop vous demander que de nous céder votre place, à mon mari et à moi ? Nous attendons déjà depuis plusieurs minutes et si ça continue, nous allons manquer le début du prêche...

Sam se retourne et m'interroge du regard. Apparemment, tout dépend de moi. Bon, alors une chose à la fois. D'abord la réponse à sa question.

– D'accord, Sam. Vendu. Je te promets de me concentrer sur le message du pasteur en faisant abstraction du décor, OK ? On y va ?

Elle me sourit avec une satisfaction émouvante et ramasse son sac à main posé à ses pieds. Elle a ce qu'elle voulait, j'ai capitulé sans condition. « Le reste, doit-elle penser, c'est moi que ça regarde. Je sais ce que j'ai à faire. »

À l'autre, maintenant. Mais là, je mets plus de temps à répondre. Je l'observe d'abord. Avec son survêtement fuchsia beaucoup trop large pour elle, ses baskets vert fluo et sa permanente bleutée atroce, elle donne une idée assez intéressante de la dernière tendance des sanatoriums du coin. Bien que son visage flasque, crevassé de rides et couvert de taches de vieillesse brunâtres rappelle cruellement qu'elle n'a plus toute sa vie devant elle, la dame fait preuve d'une patience courtoise à mon égard. Étonnant. De là où elle est, ses petits yeux de souris n'ont pas pu remarquer mon teint cadavérique. Je n'ai donc pas de circonstances atténuantes.

– Aucun problème, Madame. Au contraire, c'est avec plaisir. Nous allions justement partir rejoindre nos places dans la salle. Voulez-vous que nous vous donnions un coup de main pour installer le fauteuil de votre mari face à la table ?

– Ah ben c'est pas de refus ! répond-elle enthousiasmée. C'est que je n'ai plus toutes mes forces, moi !

À côté, son mari me remercie d'un battement de cils imperceptible. Enfin je crois. Il doit déguster, ça se voit. Son regard vide trahit un épuisement total malgré des joues encore bien rondes. Un filet de salive dégouline de la commissure de ses lèvres entrouvertes – pas bon, ça : quand la bave remplace les mots, l'haleine fleure bon le sapin. Le pauvre homme est sous perfusion et se balade partout avec une poche de liquide incolore en équilibre au-dessus de sa tête, accrochée à une potence métallique. Un vrai pendu moderne : grâce aux progrès thérapeutiques, il va avoir le temps d'en profiter bien à fond. Triste spectacle... Mais ce qui me déprime le plus dans ce tableau de la décrépitude à roulettes, c'est le pull tricoté rouge vif que sa femme a dû lui enfiler elle-même avant de partir. Un partout, les futures veuves manquent d'imagination. Si je caressais encore inconsciemment l'idée d'un miracle avant d'entrer dans la salle, ce petit détail est là pour bien remettre les pendules à l'heure de ma réalité. D'ici deux ou trois semaines, je serai à sa place.

La mamie a remarqué mon air pensif. Elle explique :
– Excusez mon George de ne pas vous remercier lui-même, il peut plus parler. Alzheimer en phase terminale... Doublée d'une récidive d'un cancer des poumons, en plus. C'est pour ça qu'on est là. On est venu prier avec le pasteur Cornelius pour que Dieu soulage un peu ses souffrances. Et le saint homme a déjà fait des miracles, alors... Je n'ai pas envie de finir ma vie toute seule, vous savez...

Pendant qu'elle raconte son histoire, la grand-mère tourne le fauteuil de son mari afin de m'en présenter les deux poignées. Je les saisis et l'installe comme je peux à ma place, tandis qu'elle s'affale sur le siège de Sam. La main dans celle de ma femme, j'essaie d'afficher mon plus beau sourire pour les saluer lorsqu'elle relève la tête et nous lance, sur un ton d'une sincérité désarmante :

Sur la Terre comme au ciel

– Merci encore, vraiment... Dites, vous savez quoi ? Quand je vous regarde tous les deux, jeunes comme vous êtes, je vous envie. Parfaitement, mes deux tourtereaux, je vous envie. Parce que vous pouvez me croire, il fait pas bon vieillir, de nos jours. Ah ça non, alors ! Il fait vraiment pas bon vieillir...

George

– Bienvenue à toutes et à tous dans la maison du Seigneur !

La voix a surgi de partout et de nulle part, pénétrante, saturée de basses, crachée par d'énormes enceintes perchées dans l'armature métallique du plafond. Elle se propage par vagues successives qui envahissent de leurs ondes envoûtantes chaque mètre cube du ventre de la fourmilière. Son écho n'a pas fini d'en lécher les parois tapissées de chair humaine qu'une immense clameur lui répond aussitôt, recouvrant d'un seul coup le brouhaha des dix-huit mille spectateurs qui attendaient fébrilement le début du show dans la pénombre.

Dans une synchronisation parfaite, tous les visages se tournent vers la scène complètement déserte, droit devant nous, de l'autre côté de la salle. Les deux bannières étoilées chauvines qui pendouillent de chaque côté en constituent les seuls éléments décoratifs. Au lieu de s'évanouir simultanément comme au cinéma, les discrets projecteurs d'ambiance redoublent alors d'intensité pour y accueillir l'arrivée d'un homme qui me paraît minuscule d'où je suis. Il trottine d'un pas athlétique vers son public, les bras en croix, comme une vedette du show-biz à l'ouverture d'une émission de télé populaire. Il tient un micro dans sa main droite.

C'est idiot, mais je me sens vaguement déçu. J'ai du mal à envisager que la voix chaude et vibrante que je viens d'entendre puisse sortir d'un tel animalcule. J'ai encore plus de peine à croire qu'il s'agisse du fameux pasteur. Ce n'est pas de sa faute, les dimensions de la salle jouent contre lui. Heureusement, la clameur qui retombe comme un soufflé dès qu'il s'approche des premiers rangs ne laisse guère planer le doute : ce joyeux drille n'est pas Cornelius. Fausse alerte, donc. Rassuré, je l'abandonne en train de faire les cent pas devant la foule pour reprendre ma visite des lieux interrompue par cette annonce.

L'obèse désagréable qui nous a vendu les tickets n'a pas menti : nous sommes à mi-hauteur des gradins, exactement dans l'axe des quelque deux cents ou trois cents chanteurs de la chorale en uniforme bleu et blanc - les couleurs de l'Église de la Colombe - qui occupent les rangées opposées, là-bas, derrière la scène. La longue fosse ovale qui nous sépare est remplie de plusieurs milliers de fidèles tassés vers l'avant comme des sardines. Le seul coin un peu aéré se trouve sur la gauche, tout près de la scène. Jodie n'exagérait pas : il s'agit d'une sorte de parking des grabataires où sont impeccablement garés quelques dizaines de lits d'hôpital et de fauteuils roulants réservés à ceux qui ne peuvent se tenir debout. Derrière eux, au centre, une plateforme légèrement surélevée accueille une régie ultramoderne, dont l'éclairage tamisé des consoles constellées de boutons n'est pas sans rappeler le cockpit d'un avion de ligne. Ou plutôt celui d'un ovni, en l'occurrence.

Pas mal, comme vue d'ensemble, mais nous sommes beaucoup trop loin pour profiter correctement du spectacle sans de bonnes jumelles. Tant pis, il faudra faire sans. Au moins sommes-nous dos au mur, sous le surplomb formé par les tribunes des étages supérieurs, prêts à dégager promptement si mes forces venaient à flancher. Sam s'est assise à ma gauche, juste à côté d'un escalier d'accès ; à ma droite, cinq strapontins bleu nuit sont toujours vacants. Les suivants sont plongés dans l'obscurité, mais je devine un couple de latinos d'une quarantaine d'années au premier plan.

L'espèce d'animateur sous-dimensionné continue d'arpenter la scène dans tous les sens en saluant le public de la main. Il fait durer le plaisir. Je me concentre en plissant les yeux pour l'observer du mieux que je peux. Il porte un costume couleur claire, probablement bleu ciel ou quelque chose dans ce goût-là. Le sommet de sa tête luit comme un phare sous les spots orangés. Ses cheveux foncés paraissent tellement tartinés de gomina qu'on dirait un vers à soie paumé dans une boîte de nuit ; on doit la lui donner, c'est certain. À moins qu'il ne se fasse sponsoriser par une grande enseigne de soins corporels : ce ne serait pas étonnant, l'arène est ceinturée de publicités collées les unes aux autres sur le paravent cimenté des tribunes. Banques, concessionnaires automobile, opérateurs de télécommunications ou encore chaînes de télévision, impossible de les louper. Les critiques sont inutiles, c'est dans la plus pure tradition locale. La nature du spectacle n'a rien à voir là-dedans, au contraire. Comme toute nation coloniale, les États-Unis ont adopté cette devise qui est à l'homme ce que l'instinct est à l'animal : les premiers arrivés sont les premiers servis. Tous ces dignes représentants du capitalisme conquérant ont donc versé leur obole pour obtenir le droit d'être là ce soir, scintillants d'une cupidité fièrement revendiquée, prêts à investir la seule *terra incognita* qui leur échappe encore : le paradis.

En attendant, retour sur la scène. Au bout de quatre ou cinq va-et-vient supplémentaires sous des vivats polis, l'insecte lubrifié se décide enfin à arrêter de gesticuler et porte le micro à ses lèvres.

– Bienvenue à toutes et à tous dans la maison de Dieu ! lance-t-il avec enthousiasme. Mon nom est George Dunglet et je suis très heureux d'être avec vous ce soir ! Je suis heureux de participer à cet exceptionnel moment de communion pour la plus grande gloire de Jésus-Christ notre Seigneur !

Deux constatations : primo, aussi surprenant que cela puisse paraître, la voix chaude et captivante de tout à l'heure est bien la sienne ; secundo, chacune de ses phrases est ponctuée d'un pic d'hystérie collective qui promet pour Cornelius. La salle se chauffe toute seule.

– Encore un peu de patience, prévient-il, celui que vous attendez tous va nous rejoindre dans un instant...

Délire dans les gradins. Beaucoup tendent leurs bras vers le ciel en hurlant « Alléluia ! Alléluia ! Alléluia ! » Je me tourne discrètement vers Sam. Elle regarde droit devant elle, étonnamment calme et silencieuse dans cette ambiance de concert de rock débridé. La pression monte progressivement dans le stadium transformé en cocotte-minute. On imagine l'idole en train de s'envoyer un double bourbon et de sniffer un dernier rail de coke en coulisse avant de se jeter dans l'arène.

– Mais laissez-moi d'abord vous parler de l'Église évangélique de la Colombe... Comme vous le savez tous, cette vénérable institution a été fondée au début des années 2000 par le pasteur Cornelius lui-même...

Nouveaux cris de louanges et d'allégresse. L'effervescence générale monte encore d'un cran. L'ami George est obligé de reprendre sa phrase pour être bien certain de dominer le vacarme.

– Cette vénérable institution a été créée au début des années 2000 par le pasteur Cornelius lui-même, afin de diffuser la parole de notre Seigneur Jésus-Christ partout sur cette Terre... Aux États-Unis, bien sûr - que Dieu bénisse l'Amérique ! - mais aussi dans le monde entier...

Les hurlements sont maintenant remplacés par un grondement de tonnerre qui me fait trembler de tout mon être. Les milliers de fans se sont mis à tambouriner des pieds comme des malades en signe d'approbation ou d'impatience. Le père Dunglet a intérêt à ne pas trop traîner.

– Cette mission, c'est grâce à vous, les fidèles, à vous, les croyants, qu'elle a pu être menée à bien avec le succès que vous connaissez. C'est grâce à votre engagement à tous que le pasteur peut aujourd'hui parcourir le monde entier pour le plus grand bénéfice de Dieu...

Le tumulte se fait plus assourdissant encore. Malgré l'appui des enceintes, Dunglet doit forcer la voix.

– C'est grâce à vous et à votre générosité... Et si je suis là ce soir, c'est pour vous en remercier... Pour vous en remercier, mais aussi pour vous rappeler que l'Église de la Colombe ne peut se passer de vos dons pour propager la parole divine et venir en aide à ceux qui en ont le plus besoin...

Au même moment, des dizaines de volontaires surgissent des nombreuses portes qui donnent sur les escaliers d'accès, par groupes de deux ou trois. Ils portent des cartons remplis de ce que je suppose être des prospectus aussitôt distribués dans les rangs. Curieusement, l'ambiance est retombée d'un seul coup. Les gens murmurent entre eux. Dans la semi-obscurité, je discerne nos voisins du dessous en train de farfouiller dans leurs poches ou leurs sacs. Ils en ressortent leurs portefeuilles.

Merde, j'ai peur de comprendre. La quête ! Mais si, c'est bien ça : c'est déjà la quête ! Je n'en reviens pas. Le prêche n'a pas démarré que le boss de la Cornelius & Co nous envoie déjà son directeur financier pour réclamer le don du culte ! Je suis stupéfait par tant de culot. Même au pays de l'argent roi, là, faut vraiment oser. Avec le parking et l'entrée, c'est la troisième fois en à peine une heure que nous sommes priés de bien vouloir mettre la main au porte-monnaie ! Et avant la représentation, encore ! On ne lui a pas appris, dans ses séminaires de gestion ou son école de commerce, qu'il fallait d'abord semer avant de récolter les dividendes, qu'il fallait d'abord investir avant de palper ? Je suis complètement écœuré. Je n'ai qu'une seule idée en tête, attraper la main de ma Sam toujours muette et l'emmener loin, très loin de cette bouffonnerie de masse. La réveiller, l'arracher malgré elle à cette lobotomie rampante qui la ronge depuis le début de la matinée.

Mais j'ai promis. Rien ne me sera donc épargné, je boirai le calice jusqu'à la lie. Un calice que le sieur George Dunglet continue de remplir consciencieusement, là-bas, sur son estrade géante.

– Je sais que beaucoup d'entre vous connaissent déjà ces enveloppes...

Sam me tire le bras doucement. Je me tourne vers elle pour m'apercevoir qu'elle me tend un gros paquet blanc que je répugne à saisir. On saluera le timing, il s'agit justement des enveloppes proprement dites, et non de vulgaires prospectus comme je l'avais d'abord supposé. D'un signe de tête prévenant mais ferme, les deux volontaires noirs qui se tiennent debout sur l'escalier, juste à sa gauche, me commandent de me servir et de faire passer. Puis ils descendent les marches pour remettre un autre paquet à la première personne du rang inférieur, et ainsi de suite. Je m'exécute en me déplaçant difficilement vers l'un des latinos qui viennent à ma rencontre dans l'étroit couloir. Bon débarras.

Dans les haut-parleurs surpuissants, George le rabatteur récite ses boniments avec la conviction d'un camelot de foire.

– Ne faites pas de manières, prenez-en plusieurs chacun. Ces enveloppes ne sont pas uniquement pour vous. Elles sont destinées à toutes celles et tous ceux qui souhaitent participer activement à la mission d'évangélisation de l'Église de la Colombe. Vous pouvez donc en rapporter chez vous pour les distribuer à vos proches, au sein de votre famille ou parmi vos amis. Il leur suffira, comme vous, d'y joindre leurs dons et de les poster... Sans oublier de les affranchir, cela va de soi ! C'est aussi simple que ça !

Ça, ce n'est pas moi qui dirai le contraire... Il semble que plus l'arnaque est grosse, mieux elle fonctionne. Dans ce cas précis, c'est indiscutable, elle fonctionne à merveille. Les paquets fondent comme mottes de beurre au soleil. Mais je fais confiance au bon pasteur pour avoir tout prévu. Ce n'est certes pas un entrepreneur avisé comme lui qui risquerait de tomber bêtement en rupture de stock dans un moment pareil.

– Et n'hésitez pas à vous montrer généreux ! « Car en vérité je vous le dis, nous a enseigné Jésus-Christ, au moment du jugement dernier, le Seigneur reconnaîtra les siens !... »

Le détournement de cette dernière citation me laisse sur le cul. Mais à quoi bon ? Passé un certain stade, mieux vaut regarder ça comme une curiosité touristique, après tout. Ça fait moins mal. C'est l'avantage d'être le seul Français du troupeau : je peux toujours essayer de me rassurer en me persuadant que ce n'est pas demain qu'on verra un tel spectacle dans le palais omnisport de Paris-Bercy. Enfin je l'espère...

Mes yeux retombent sur l'enveloppe que j'ai docilement conservée. Effectivement, le nom et l'adresse de l'entreprise Cornelius - pardon, du « ministère Cornelius », pour reprendre les termes exacts - sont clairement mentionnés, juste en dessous du célèbre logo imprimé dans le coin en haut à gauche. Ministère Cornelius, donc, boîte postale 20 402, Irving, Texas 75 016. Irving, Irving... Ce ne serait pas un bled près de Las Vegas, ça, par hasard ? Tiens, il faudra que je pense à vérifier en rentrant. Juste pour rire.

En attendant, je continue mon investigation. Sur le rabat figurent deux petites cases à cocher au choix. L'une porte en face la mention « don », l'autre « abonnement ». La précision n'est pas idiote, elle doit singulièrement faciliter le boulot de l'expert-comptable. On sent le fruit d'une solide expérience, dans ces deux petites cases-là. En dessous, pour être tout à fait certain de ne pas ramasser quelque stupide message de soutien sans la moindre valeur marchande, l'abonné ou donateur est invité à indiquer son mode de paiement en entourant l'un des sigles Visa, Mastercard ou American Express qui rappellent explicitement de quoi on parle. Bien vu, ça aussi, un petit dessin vaudra toujours mieux qu'un long discours. L'efficacité, c'est le profit.

À côté de moi, Sam m'a devancé. Elle a déjà ouvert le précieux pli. Je l'imite. Sous un encadré réservé aux nom et adresse du souscripteur, la feuille dactylographiée qu'elle contient est scindée en deux. La partie supérieure, celle des abonnements, est écrite à l'encre bleue. On peut y lire - ça ne s'invente pas : « Oui, pasteur Cornelius, je souhaite vous rejoindre et vous soutenir dans la proclamation dans le monde entier du message de notre sauveur Jésus-Christ. Pour cela, je m'engage - souligné - à faire prélever tous les mois sur mon compte bancaire numéro - espace à remplir - la somme suivante, au profit de l'Église évangélique de la Colombe. » Le fidèle dispose de cinq cases pour faire son choix, de cinquante à deux cent cinquante dollars.

Mais ça, ce n'est rien que pour les ploucs. Car le second texte, en rouge celui-là, s'adresse aux authentiques croyants, les nantis, ceux qui auront leur nuage privé au paradis, c'est promis. Il stipule : « Oui, pasteur Cornelius, je m'élève à vos côtés dans cette mission sacrée en effectuant un don spécial - souligné - du montant indiqué ci-dessous, à l'attention de l'Église évangélique de la Colombe. Il sera prélevé en une seule fois sur mon compte bancaire numéro - espace à remplir -, dès réception du présent courrier. » Cette fois, les cases s'échelonnent de deux cent cinquante à dix mille dollars... Il a raison, le bon Cornelius : tant qu'à faire, faut pas mollir.

Le bas de la page, lui, est réservé à la signature du pigeon. Ah! j'oubliais : bien entendu, on peut aussi verser son offrande « dans le strict respect de l'anonymat », précise oralement Dunglet. Il suffit pour cela de glisser quelques billets dans l'enveloppe et de la déposer dans l'une des boîtes en carton spécialement dédiées à cette intention, installées à chaque sortie du stadium. Il n'y a pas de petits profits.

Les enveloppes, voilà le véritable nerf de la guerre! Le parking, les tickets d'entrée, les souvenirs littéraires ou les gadgets vidéo ne sont que des broutilles à peine bonnes à rembourser les faux frais, à payer tous les « bénévoles » qui font tourner la boutique. Ou à rembourser la location de la salle, à la rigueur. Mais les enveloppes, ça c'est du sérieux. On ne joue plus dans la même cour, là. On commence vraiment à parler de plus-value, de marge, de culbute! De bénéfices divins, quoi. Alors si l'on est réellement heureux d'être là, c'est le moment où jamais de le montrer. On donne ce qu'on veut, entre cinquante et dix mille dollars, mais gare à la radinerie païenne, parce que Dieu reconnaîtra les siens ! Promesse ou menace, avec ça, la bêtise humaine n'a que l'embarras du choix pour justifier sa complicité coupable.

Et moi qui venais de m'engager à faire abstraction du décor... En un sens, toute cette comédie grossière me soulage. Je me dis que c'est exactement la douche froide dont Sam avait besoin pour se remettre les idées en place. Je n'ai même plus besoin d'argumenter, les faits sont éloquents, leur condamnation superflue. Nous savons tous les deux que payer cette caricature d'impôt sur la connerie ne m'évitera pas un redressement fatal et rapide.

C'est dégueulasse mais je ne peux m'empêcher de l'observer, l'œil en coin, en tapotant discrètement ma jambe droite avec ma pièce à conviction. L'espace d'un instant, j'oublie que c'est pour sauver ma peau que nous avons délibérément choisi de participer à cette réunion grotesque de l'Amicale des neurones en détresse. Je sens une éphémère jubilation me flatter le nombril, j'attends sa réaction prévisible avec la fierté crasse d'un centurion qui savoure sa victoire avant d'avoir livré combat. J'attends qu'elle déchire ou jette ce courrier de charlatan.

C'est alors que l'inimaginable se produit. Je n'en crois pas mes yeux... Mais non, je ne délire pas : sans doute persuadée que son geste passera inaperçu dans la pénombre, je vois ma femme plier son enveloppe en deux et la déposer furtivement dans son sac à main.

Cornelius, *part one*

Bientôt un quart d'heure que nous attendons l'arrivée imminente du messager de Dieu promise par Dunglet juste avant qu'il ne disparaisse dans les coulisses. Il sait se faire désirer, l'envoyé du Seigneur. Toutes les stars le savent, l'impatience fait mûrir le fan ; encore quelques minutes, donc, et le fruit sera bon pour la cueillette pastorale. En professionnel aguerri, Cornelius connaît son boulot sur le bout des doigts. Partout dans la salle, les conversations ont repris de plus belle sous les lumières tamisées. En famille, en couple ou en voisins, on devise fiévreusement sur la suite des événements.

Sauf nous. Depuis l'épisode des enveloppes, Sam et moi n'avons quasiment plus échangé un mot. Juste après avoir dissimulé la sienne dans son sac, elle m'a redemandé si j'étais bien certain de pouvoir tenir le choc physiquement. Je lui ai répondu que, « physiquement », ça pouvait aller. Volontairement, elle n'a pas relevé l'allusion. Quant à moi, son attitude m'a tellement estomaqué que j'ai fait celui qui n'avait rien vu. Et nous en sommes restés là.

Plus le temps passe et plus ce silence entre nous devient pesant. Sam a bien senti que quelque chose me dérangeait, mais elle préfère ne surtout pas interrompre mon aphasie. Même si j'ai cédé dans le fast-food, elle sait qu'elle ne sera jamais à l'abri d'un sursaut d'orgueil inopiné. Alors on ménage la bête, un mutisme chargé vaudra toujours mieux qu'un franc psychodrame. À quelques minutes, quelques secondes peut-être du lever de rideau, ce serait dommage. Chacun de nous fait donc semblant d'être fasciné par ce qui l'entoure. En ce qui me concerne toutefois, j'éprouve de plus en plus de difficultés à le faire correctement. J'ai menti, tout à l'heure. Depuis le début de la collecte du très intéressé Mister Dunglet, je sens monter en moi les maux de tête accompagnés de nausées qui précèdent toujours une crise aiguë. Avec, en prime, une douleur lancinante au foie. En toute logique, nous devrions déjà être en route pour Miami afin de m'y préparer une nouvelle injection de morphine - les dernières piqûres ponctuelles avant les perfusions permanentes, nous a prévenus l'aide-soignante. Mais je me refuse à quitter Fort Lauderdale avant d'avoir assisté à ce prêche. Mon écœurement initial a cédé la place à une authentique fascination qui ne fait que renforcer mes convictions personnelles d'indécrottable athée, et j'espère que je pourrai tenir jusqu'au bout pour partir sans regret. Zoo ou pas, je ne me suis pas farci tout ce cinéma pour faire demi-tour maintenant. Tant que le mal reste supportable, en tout cas, je m'accroche.

Malgré mon inquiétude croissante, mes yeux continuent de scruter machinalement la salle et finissent par s'arrêter sur un groupe qui gravit l'escalier droit vers nous. Ils sont cinq, un couple et ses trois enfants - les occupants des strapontins toujours vacants à ma droite.

Parvenus à sa hauteur, ils échangent un petit signe de tête avec Sam, qui s'écarte pour leur libérer le passage. J'en fais autant.

Les trois enfants, une fillette rousse aux longs cheveux bouclés et deux garçons dont le plus âgé n'a pas dix ans, s'engagent les premiers. Les deux frères arborent des cheveux bruns à la coupe martiale. Malgré des bouilles plutôt mignonnes couvertes de taches de rousseur, le trio affiche le visage obtus des boudeurs. Quant à leur accoutrement, il en dit long sur l'état d'esprit des parents : chemises impeccablement repassées en jean bleu clair à boutons chromés, cols fermés, bermudas mauves, chaussettes blanches cotonneuses et souliers vernis noirs pour tout le monde... On a sorti les habits de messe endimanchés parfumés à la naphtaline. Le type d'uniforme qui vous marque à vie.

Ils sont suivis de près par leur mère, une espèce de grenouille de bénitier desséchée coiffée d'une choucroute vermillon. Deux petits crucifix clinquants décorent chacun de ses lobes, et la dame garde dévotement une Bible entre ses mains, posée sur sa poitrine flasque. Son regard torve et ses lèvres pincées juchées sur un menton fuyant en font l'incarnation vivante du puritanisme bigot dans ce qu'il peut avoir de plus abouti, une sorte de caricature de la pisse-vinaigre frustrée grande collectionneuse devant l'Éternel de missels dédicacés. Le dernier de ses plaisirs inavouables remonte probablement à sa crise hémorroïdaire d'après les fêtes, lorsque la dinde a eu du mal à passer - loué soit le Seigneur ce jour-là plus que tous les autres. À elle seule, la vue de sa garde-robe tient de la castration chimique. Son chemisier de soie vert pomme aux longues manches affublées de volants défraîchis recouvre partiellement une jupe de toile rustique violette qui lui descend jusqu'aux chevilles, où des baskets jaune pipi à bandes velcro prennent le relais sans honte. L'ensemble ferait dégueuler un rat.

Puis c'est au tour de ce que je pense être l'heureux mari de rejoindre sa place, un colosse au poil blanc coupé en brosse, le front simiesque moucheté d'éphélides, la mâchoire carrée volontaire et le corps bodybuildé moulé dans un t-shirt kaki trop étroit, sur lequel on peut lire en grosses lettres de velours noir, en latin s'il vous plaît, *Mens sana in corpore sano* ; le petit crucifix de bois qui trône dessus précise sans ambiguïté ce que le monsieur entend par « esprit sain » - en français, il l'aurait écrit avec un t, j'en mets ma main à couper. Avec son énorme paire de lunettes orange, il a tout du prototype de l'éjaculateur précoce habitué des clubs de tir. Le genre dangereux fier de lui malgré les deux gros problèmes de sa vie : un QI à deux chiffres et une virgule entre les deux. À peine installé, il se retourne vers moi et se présente d'une voix de fausset ridicule pour un bestiau de son gabarit :

– Franck Holden, de Jacksonville, Floride. Heureux de faire votre connaissance.

Pas un mot sur le reste du clan qui s'assoit en enfilade derrière lui. Le ton est martial et la paluche qu'il me tend si démesurée que j'hésite un court instant avant de l'accepter pour me faire broyer la mienne.

– François Poupard, enchanté. Et voici ma femme Sam, lui dis-je en m'écartant légèrement.

Il penche la tête et lui adresse un sourire poli auquel elle répond d'un signe de la main. Puis il reprend, toujours très haut perché dans les aigus :
– J'avais très peur qu'on soit à la bourre. Quand on est arrivés, les coursives étaient pratiquement désertes. J'ai cru que le prêche avait déjà commencé. Nous, on vient tout spécialement du Nord de l'État, vous comprenez. Ça fait une trotte ! Alors j'aurais été super déçu de louper le début ! Pour les mômes, c'est mieux comme ça, pas vrai ?

Ben ça, c'est peut-être à eux qu'il faudrait poser la question, mon pépère. Mais je m'en voudrais de risquer de jeter la discorde au sein d'une famille si unie dans la foi... La sagesse me commande donc d'opiner du chef.

– Pour sûr, Franck ! C'est beaucoup mieux ! Moi, je dis que c'est même une sacrée chance pour eux d'avoir la possibilité de découvrir ça si jeunes...

Une brutale extinction des lumières ne me laisse guère le temps d'apercevoir sa réaction à ma réponse ambiguë, servie malgré moi sur un ton taquin. Tant mieux, tester l'humour d'un pareil animal n'était pas forcément une idée géniale ; on s'expose bêtement à des déceptions pleines de bosses. Heureusement pour moi, Franck est accaparé par ce brusque changement. Comme tous les autres. La salle entière se trouve plongée dans le noir l'espace de quelques secondes, pendant lesquelles le vacarme ambiant s'arrête net. Les dix-huit mille fidèles retiennent leur souffle. Ça y est, cette fois, c'est la bonne !

Tout à coup, les enceintes se mettent à mugir une inquiétante mélodie de basses qui me transpercent tout le corps de part en part. Je sens presque vibrer mes métastases sous l'effet de ce fluide sonore pénétrant par tous les pores de ma peau. Et ce n'est que le début. Un à un, tous les éléments d'une hallucinante batterie d'artifices lumineux viennent épauler cette création d'un univers fantastique capable de capter l'attention des âmes les plus retorses. Spots multicolores tournoyants, lasers verts et rouges balayant le public dans tous les sens, boules à facettes monumentales ou stroboscopes, il ne manque rien. La Cornelius Incorporated n'a pas lésiné sur les moyens, stratégie offensive élémentaire pour faire monter l'ambiance et montrer dès le départ aux fans ébahis qu'ils vont en avoir pour leur fric.

La mélodie va crescendo, bientôt rejointe par la chorale qui entonne les premiers couplets d'un *Happy Days* promis à une apothéose divine, à laquelle on imagine que seul un être surnaturel pourra succéder sans rougir. Le suspense est d'ailleurs de courte durée puisque la voix chaude et mielleuse de cette créature céleste ne tarde pas à supplanter les chœurs, tandis que deux spots d'une blancheur éclatante en révèlent l'heureux propriétaire aux yeux d'une foule soudain transportée. C'est lui ! C'est Cornelius ! Jésus-Christ, enfin !

Enfin ? Vraiment ? Les nombreuses caméras qui immortalisent l'apparition de ce sauveur embagousé sur l'écran géant multiface qui vient de s'allumer au-dessus de l'arène ne lui laissent pourtant aucune chance. Tous les spectateurs, même les plus éloignés de la scène comme nous, peuvent l'observer dans les moindres détails, sous toutes les coutures. Putain de vision qui me donne des haut-le-cœur ! Vraie figure de cire grassouillette dé-

Sur la Terre comme au ciel

goulinant de brillantine bon marché et de crème antirides, le pasteur adulé arbore un visage bouffi aux grandes prunelles marron tout ce qu'il y a de plus communes, bêtement plantées autour d'un nez porcin trop court. Les gros plans sont formels, les cils de ses lourdes paupières sont rehaussés d'un mascara luisant, coquetterie des plus ambiguës pour un homme d'Église comme lui. Dans un style très homogène, pas un seul minuscule poil de cul ne dépasse de sa moumoute jaunasse découpée au microscope. Même en regardant bien, je mets au défi quiconque de deviner le sens des implants, tant cette horrible coiffe artificielle tourne sur elle-même sans la moindre trace de raie ou d'épi naturel. Question fringues, notre messie soldé a choisi un costume blanc cassé complètement has been, limite disco malgré un col romain toutefois réglementaire, avec tout plein de boutons d'or partout, comme les plus beaufs des nouveaux riches eux-mêmes n'osent plus en porter. Merde, tiens ! Je veux bien ne pas m'en tenir qu'aux apparences, mais il y a des limites. Si quelque impensable résidu d'espoir surnageait encore dans la gluante marée noire de mon moral, la simple vue de cet ersatz de crooner stéréotypé pour croisière du troisième âge aura suffi à le couler définitivement.

Et pourtant, quel effet sur la foule ! Qu'il esquisse seulement l'un de ses sourires sirupeux dont il a le secret et c'est l'extase généralisée. À ma droite, Franck est déjà en transe. Les yeux clos, les mains tournées vers le ciel, paumes ouvertes en offrande, il répond « Alléluia » à chaque refrain du gospel frénétique. Plus loin dans les gradins qui jouxtent l'estrade centrale, on transporte les premières groupies évanouies en les faisant transiter jusqu'aux voies d'évacuation par-dessus des forêts de têtes. Pour elles, le chemin du paradis s'arrête là, l'infirmerie du stadium sera leur purgatoire inattendu. Il ne s'en faudrait pas de beaucoup pour que cette folie aveugle tourne subitement à l'émeute. Tous ces fans se précipitant d'un seul coup sur la scène pour toucher leur idole ! J'imagine déjà l'intervention musclée de gros gorilles invisibles dans les coulisses, prêts à jouer de leurs épaules carrées pour sauver leur compte en banque et protéger sa retraite vers une énorme limousine blanc nacré dont le moteur tourne déjà, par sécurité. On ne sait jamais.

Mais rien de tout ça ne se produit. Mon fantasme libérateur ne se réalise pas. Bien au contraire, la réalité s'impose une fois de plus avec une cruauté inégalable. Même Sam fredonne la chanson. Même Sam...

La solitude dans laquelle ma révolte isolée m'enferme devient de plus en plus insupportable. Non seulement je ne parviens pas à faire « abstraction du décor » comme promis, mais j'ai le sentiment de n'accumuler que des ondes négatives qui alimentent encore et encore une crise que je devine imminente. Les synthétiseurs surpuissants, la voix langoureuse de Cornelius et ses chœurs déchaînés me liquéfient le neurone. Et le spectacle de cet « homme de Dieu » qui se dandine sur les écrans géants me donne des spasmes de plus en plus difficiles à réprimer. Sous-estimation de l'impact que pourrait avoir un show comme celui-ci sur un cerveau aussi buté que le mien ou, au contraire, surestimation de ma capacité à pouvoir l'encaisser sans broncher, je n'en sais foutre rien. Mais le résultat est là : à force de tout voir en noir, j'ai mal à m'en tirer une balle. Je commence à bien intégrer toute la signification profonde du mot « calvaire ». Pas de bol, quitte à partager quelque chose avec Jésus au soir de ma vie, j'aurais préféré que ce ne soit pas le pire. Si ça continue, je vais finir par croire que j'ai la poisse, tiens.

Le *Happy Days* d'ouverture s'évanouit sous une ovation que ne renierait pas un dieu du rock'n'roll. Les basses des synthés luttent à grand-peine contre les cris stridents de femelles qui hurlent à s'en faire péter les tympans. Seul sur son estrade, le pasteur boit du petit lait. Il se courbe sous les applaudissements effrénés de ses admirateurs. Quelques bouquets de fleurs tombent ici ou là, aussitôt récupérés par une escouade de volontaires plus efficaces encore que les ramasseurs de balles surentraînés d'un tournoi du Grand Chelem.

La pluie de pétales se tarit enfin et Cornelius lève la main pour réclamer le silence. Tout là-haut sur l'imposante télé, sa physionomie change imperceptiblement, jusqu'à épouser celle d'un golden boy à l'ouverture de la bourse. Le poisson est ferré, il est plus que temps de mouliner. « Le messager » peut commencer sa prestation d'animateur vedette de supermarché divin. Joie.

– Bonsoir à toutes et à tous...

Nouveau concert d'acclamations qui le coupe net dans son élan. C'était marrant au début, avec Dunglet, mais là, ça devient lassant. Je ne suis plus en état d'être patient. Comme dans le bureau de Takawa ce matin, je sens des gouttes de sueur froide perler sur mes tempes. Ma respiration se fait haletante. S'il doit débiter tout son prêche par tranches de quatre ou cinq mots, je n'ai pas fini d'en chier, moi.

– Bonsoir à toutes et à tous et merci d'être venus si nombreux pour prier le Seigneur avec moi !

Re. Mais l'intéressé fait lui aussi preuve d'une patience toute relative qui me rassure. Le visage du doux berger se fait plus autoritaire et sa voix de stentor s'impose au troupeau hypnotisé. C'est fini, on ne rigole plus. On bosse.

– Je suis vraiment très heureux d'être avec vous, ici, à Fort Lauderdale, sur le territoire des États-Unis - que Dieu bénisse l'Amérique !

Silence discipliné. Chapeau, Cornie, tu m'en bouches un coin, là ! Tout est dans le ton. Des rebelles fanatisés osent encore quelques louanges qui jaillissent d'un peu partout dans les gradins, mais leur destinataire fait la sourde oreille et s'immobilise au milieu de la scène. Il se concentre sur ses pieds avant de poursuivre.

– Comme vous le savez tous, diffuser la parole de notre Seigneur Jésus-Christ partout dans le monde exige beaucoup de temps et d'énergie. Mais c'est la tâche qui incombe à l'Église de la Colombe que j'ai le bonheur de guider depuis vingt ans, et je viens personnellement de passer plus de trois mois à l'étranger pour la mener à bien. J'en rapporte d'excellentes nouvelles dont j'aimerais vous faire part pour inscrire symboliquement cette soirée de prières et de communion sous le signe de l'optimisme !

« Le signe de l'optimisme. » Cool, je n'en espérais pas tant. Mon voisin, bras tendus et poings serrés :

– Ouais, bonne idée ! Alléluia !

Recroquevillé sur mon siège, je me masse les tempes. C'est tout ce que j'ai trouvé pour me soulager. Toujours debout à mes côtés, Sam ne remarque rien. Elle est tout à son affaire. Un peu vexé par son indifférence, je me résous à écouter Cornelius nous raconter avec emphase ses croisades de diplomate ensoutané.

Comme il aime lui-même à le souligner, il a beaucoup voyagé, donc. D'abord en Syrie, pour y convaincre son président de le laisser officier dans son pays martyrisé par des années de guerre. Une première, est-ce que nous nous en rendons bien compte ? Le pasteur Cornelius a obtenu de Bachar el-Assad lui-même l'autorisation de prêcher publiquement la parole du Christ là où personne n'osait plus le faire depuis le début de la guerre civile et la mise sous tutelle de pans entiers du pays, passés aux mains des fondamentalistes islamistes de Daech. Qu'on se le dise, l'Église évangélique de la Colombe va officier au cœur de l'une des régions les plus divisées au monde sur le plan religieux ! Et un miracle, un ! Car évidemment, tout ça ne s'est pas fait sans mal. Heureusement qu'il a pu rencontrer Bachar en personne, Cornie. Comme ça, il a pu le regarder droit dans les yeux, d'homme à homme, et lui parler sans détour. Je n'invente rien, c'est lui-même qui le dit. Un vrai western. Dans ces conditions, le boucher de Damas ne pouvait que céder. Il n'avait aucune chance devant une telle force de persuasion…

– Alléluia !

On ne présente plus mon voisin…

Une bouffonnerie, c'est ça. Plus j'y pense et plus ce terme me paraît approprié. Et pourtant, nous n'en sommes qu'au hors-d'œuvre. Car ensuite, il nous emmène en Chine, sa plus grande fierté. Et second miracle de l'année. Mais attention, un vraiment important, celui-là. L'autre, au Proche-Orient, ce n'était qu'une vulgaire mise en bouche. Cette fois, ce sont les autorités chinoises qui ont dû plier. Rien que ça. Notre sauveur national pourra donc essaimer à loisir dans l'une des dernières dictatures de la planète, sous couvert d'y répandre la bonne nouvelle. Et pour enfoncer le clou auprès des fidèles, pour leur prouver que, quand même, ce n'est pas négligeable, il rappelle cinq fois de suite ce nombre qui laisse songeur : un milliard quatre cents millions. Un milliard quatre cents millions d'âmes impures qui n'attendent que son arrivée pour se faire baptiser. Ça c'est ce qu'on appelle un marché prometteur !

Debout, Franck se tourne vers moi, les yeux exorbités derrière ses verres orange. Il me lance, vainqueur, en me montrant le poing :

– Yeah !...

C'est beau, un bonheur simple.

Pas un seul instant l'assistance ne met en doute l'authenticité de ce merveilleux discours. Sacrilège ! Or donc, le pasteur étendra son ratissage à la Syrie puis à la Chine. Entre autres. Parce qu'il voit loin, le bonhomme. Dans sa tête, nul doute que l'Église de la Colombe sera bientôt une holding internationale aux filiales aussi nombreuses que prospères. Peut-être même rêve-t-il déjà d'une future cotation à Wall Street - il faudra en toucher un mot à Dunglet. C'est qu'il y a plein d'endroits sympas à découvrir, sur le globe, en y réfléchissant bien. Et puisque personne ne sera là pour vérifier où vont les dons, on aurait tort de s'en priver. Mais je ne fais rien que blasphémer, là. Lui, suspect de faire du tourisme sur le dos de ses troupes ? Honte sur moi ! Tout le monde le sait : quand Cornie promet, Cornie tient. Tant pis pour ceux qui ne peuvent le voir de leurs propres yeux, voilà tout. Brave Cornelius, va ! Quel talent ! Être capable de rassembler autant d'argent sur la Terre entière pour le seul bénéfice de Dieu, oui, vraiment, quel talent ! C'est à peine s'il doit lui rester quelques miettes pour payer sa coke, ses putes et sa Cadillac avec ses sièges en peau de léopard. Ben oui. Les missions diplomatiques en Syrie, en Chine ou ailleurs, ça coûte cher...

Sur scène, le leader charismatique enchaîne citation biblique sur citation biblique, avant d'accueillir plusieurs artistes qui chantent tour à tour quelques refrains religieux connus, toujours vaillamment soutenus par la chorale. Ils sont blancs, latinos ou noirs, ils viennent du continent américain, d'Europe ou d'Afrique, mais tous ont pour dénominateur commun leur foi indéfectible en l'Église de la Colombe. Certains ne font que chanter, d'autres se présentent à l'invitation de leur gourou et racontent leurs expériences personnelles. Pour ces rares privilégiés, c'est le jour J, celui du grand oral devant le chef suprême et son jury de fidèles exigeants. S'ils réussissent, si leur prestation est convaincante, Cornelius leur confiera la dure mission de retourner chez eux afin d'y prêcher sa bonne parole auprès des brebis égarées, sous la bannière officielle de la colombe et de son globe quadrillé. Perspective ô ! combien lucrative.

Mais moi, j'en ai une autre, de perspective, à beaucoup plus court terme celle-là. La crise approche. Les coups de poignard plantés dans mon foie sont quasi-permanents, et je suis en proie à de terribles vertiges. Je dois redoubler d'efforts pour ne pas m'écrouler de douleur. Mais je veux tenir. Je veux tenir !

À la fois animateur de variétés pour lancer ses poulains qui rythment le spectacle et lui-même interprète entre deux sermons, Cornelius se dépense sans compter. Les comptes, il les fera plus tard, juste avant de se coucher. Pour faire des rêves dorés. Mais chaque chose en son temps. Dans l'immédiat, voici venue l'heure du couplet politique. Ceux qui étaient au Texas en septembre 2016 le savent, le bon pasteur avait prédit avant tout le monde la victoire de Donald Trump à la présidentielle. Un vrai chrétien qui croit en Dieu, Trump. Cornelius a pu s'en assurer personnellement lorsqu'il l'a rencontré dans le salon ovale de la Maison Blanche juste après son intronisation - décidément, il est incontournable pour beaucoup de grands de ce monde, notre bon pasteur... Quatre ans plus tard, puisque les communistes ont truqué l'élection pour voler le pouvoir aux vrais chrétiens, il faut plus que jamais invoquer l'aide du Très Haut pour sauver les États-Unis du Mal. Tous unis devant Dieu, pour le seul service de Dieu. C'est tout ce qui compte. Youpi.

À ma droite, le pèlerin de Jacksonville éructe :

– Oh yeah ! Oh yeah ! C'est vrai, c'est complètement vrai ! Alléluia ! Alléluia ! Alléluia !

Sam l'entend et lui sourit. Mais son visage se métamorphose dès qu'elle m'aperçoit, plié en deux sur mon strapontin.

– François ! Qu'est-ce qui t'arrive ?

Elle tombe à genoux juste à côté de moi. Franck en fait autant, subitement inquiet lui aussi. C'est d'ailleurs lui qui embraye le premier.

– Hey, mon gars ! Jésus-Christ ! Ça ne va pas fort, hein ? Besoin de quelque chose ? Madame, il veut quelque chose ? Je peux vous aider ?

Sam me prend la tête entre ses mains et plonge ses yeux bleus dans les miens.

– Je ne sais pas... Mon chéri, dis-moi...

Elle me caresse le front et m'embrasse les joues presque par réflexe.

– Tu es livide. Ce sont tes nausées ? C'est plus grave ?

– Non, non... Ça va aller. Envie de vomir, mais ça va passer... Ça va passer...

Nouveau coup de couteau. Sans toutefois pouvoir réprimer un gémissement, j'essaie de me montrer plus convaincant.

– Rien de sérieux, je t'assure... Juste une de ces saloperies de crises.

Franck:

– Vous voulez que j'appelle une équipe de la sécurité ? Ou que je vous accompagne à l'infirmerie ?

Moyennement rassurée, Sam se tourne vers lui et répond à ma place.

– Non, ce ne sera pas nécessaire. J'ai ce qu'il faut dans mon sac. Je vais l'emmener aux toilettes pour qu'il puisse avaler ses comprimés. Elles ne sont pas loin. Merci beaucoup, en tout cas. C'est vraiment très gentil à vous.

Mon voisin se relève et ajoute, un peu contrarié de n'avoir pu jouer les héros providentiels :
– Bon, c'est vous qui voyez... Mais n'hésitez pas, surtout ! Considérez Franck Holden comme votre serviteur. Si ça ne va pas mieux après les pilules, vous pouvez compter sur moi, OK ?
Sam, toujours à genoux à mes côtés :
– OK, Franck. Merci. Merci infiniment. Tu peux te lever, mon amour ?
Courbé, les deux mains croisées sur le ventre, je grimace.
– Pas de problème... Dans une minute, d'accord ? Juste le temps de récupérer quelques forces et je te suis. Rien qu'une minute...
– Bien mon chéri, c'est toi qui décides. Je vais rester assise à côté de toi en attendant, ça te va ?
– Parfait.
Je la regarde et tente un sourire sincère tandis qu'elle me passe une main chaleureuse dans le dos.
– Merci, mon cœur. Merci.
De l'autre côté de la salle, Cornelius nous ressert un petit « revenez-y » de sa soupe à la chorale. Très efficace, son système. Tous ces gospels extatiques confèrent une dimension mystique incontestable au reste du show. Même moi, je n'échappe pas à la règle. Ces chants liturgiques me prennent aux tripes - c'est tout le problème, d'ailleurs. Mais ce coup-ci, je ne les écoute plus. J'ai décroché, je n'entends plus que les giclées de sang se fracasser contre mes pauvres tempes à l'intérieur de mon crâne prêt à exploser. Mon envie de vomir se fait de plus en plus pressante. Je m'apprête à battre en

retraite aux toilettes lorsque le prêcheur reprend le flambeau.

– Avant d'aller plus loin, il est temps d'échanger un traditionnel signe de paix entre nous, comme le Christ nous l'a enseigné. C'est pourquoi je vous demande à toutes et à tous de vous serrer la main ou de vous embrasser au nom de la grande communauté de pensée fraternelle qui nous a réunis ici ce soir.

Dans les haut-parleurs, la chorale donne le « la ». En fait de chant d'espérance, elle se lance dans une complainte lancinante qui ressemble davantage à un requiem qu'autre chose. Le pasteur se dirige alors vers les premiers rangs de la fosse. Il descend de la scène et se met à donner de la pogne comme un politicien en campagne. De gros musclés en costumes sombres et lunettes de soleil se sont rapprochés de lui, dans son dos, prêts à bondir au moindre dérapage. C'est le moment que je choisis pour me relever. Sam fait de même et nous nous serrons très fort dans les bras l'un de l'autre. De son côté, après avoir embrassé sa femme et ses trois enfants toujours aussi bougons, Franck se retourne et me saisit la main à pleines paluches. Il me la secoue vigoureusement à m'en déboîter l'épaule et m'annonce, droit dans ses bottes :

– Ne vous inquiétez pas. Je serai avec vous.

– Merci beaucoup, Franck. Trop aimable. Mais dans l'immédiat, je vais juste faire un tour aux latrines. Et si ça ne vous ennuie pas, je préfère m'y rendre seul.

François

Une cuvette de chiottes. Comme boîte à miracles, ça se pose là.

Les deux mains posées sur mes cuisses, la tête en équilibre au-dessus de la lunette constellée de taches d'urine, je contemple le fruit de mes entrailles : quelques morceaux de donuts non digérés qui flottent au milieu d'une eau saumâtre pestilentielle. Tout n'est pas de moi. Dans son immense bonté, mon prédécesseur a eu la délicatesse de ne pas tirer la chasse d'eau pour bien faire profiter son successeur de sa production intestinale elle-même bouleversée - les traces de pneu humides sur l'émail en témoignent encore. Sympa, j'apprécie en connaisseur.

Nouvelles convulsions. Je me courbe un peu plus et essuie trois contractions à vide avant la vidange assassine. Les yeux fermés, j'en pleure de douleur, la tête en feu. Juste après mes gémissements incontrôlés, j'entends les derniers clapotis caractéristiques de mon potage aux grumeaux qui tombe dans la soupière commune. Liquidation de stocks dans les règles de l'art, je rouvre les yeux sur ce spectacle abominable de la mort qui flotte. On ne prend vraiment conscience de son corps que lorsqu'il s'en va, rongé par quelque maladie vorace. Heureusement que j'ai mangé quelque chose tout à l'heure, sans quoi je serais déjà à l'infirmerie. Je ne connais rien de pire que de traverser pareille crise à jeun. Dans ces cas-là, le meilleur remède pour diminuer la souffrance, c'est encore d'avoir pris la précaution de bien garnir sa panse.

Assis sur mes talons, appuyé contre mon trône insalubre de moribond, je nettoie d'un revers de la main les traces de bile qui me recouvrent le menton. Elle pue l'amertume, cette bile. Un grabataire prostré dans un box dégueulasse des toilettes publiques d'un stade paumé à plus d'une heure de caisse de chez lui, elle est belle l'image du rationaliste fier de son indépendance d'esprit ! Il ne la ramène plus, Poupard, là. Il a l'arrogance nettement plus discrète, tout à coup... Et pour cause.

Le mépris que je crache volontiers à la gueule de tout le monde depuis que je suis arrivé ici paraît bien dérisoire face au spectacle impitoyable de ma propre déchéance. Un retour de flamme aussi violent, ça crame toutes les dignités, fussent-elles les plus mal placées. Je crois crâner la crête au vent en me foutant de la crédulité des autres, mais le coq que je suis a bel et bien les deux pieds dans le fumier nauséabond de ses contradictions. Et il s'y enfonce lentement mais sûrement, avec une application qui force l'admiration.

L'une après l'autre, je revois défiler dans ma tête endolorie toutes les étapes de cette journée marathon qui m'ont conduit à me retrouver dans cette lamentable posture. D'abord la sentence de Takawa, ce matin à l'hosto : « Je ne peux désormais que vous conseiller de vous

Sur la Terre comme au ciel

en remettre à notre Seigneur miséricordieux. » Complètement abattu par cet entérinement définitif de l'échec de la médecine, je n'y ai pas vraiment prêté attention. Sur le coup. Mais le mot s'est engouffré dans mon esprit pour ne plus en sortir. Et dès les premières minutes qui ont suivi, il y semait les germes du doute. Dieu... C'était bien la seule thérapie à laquelle je n'avais encore jamais pensé.

Dans la foulée, Jodie est venue arroser ces timides graines de spiritualité avec ses expériences statistiques sur la télépathie : « La foi peut déplacer des montagnes. » Ben si. On ne réussit rien sans y croire, et quand on y croit vraiment, on peut réussir des choses impensables. Pourquoi se moquer d'un tel raisonnement ? Un abruti crédule enfoncera toujours plus de portes ouvertes qu'un intello sceptique, c'est sûr ; mais au moins avance-t-il, lui.

Curieux enchaînement, quand j'y repense : d'abord la science qui avoue ses limites et refile mon dossier à la toute-puissance divine en désespoir de cause, ensuite la spécialiste de l'irrationnel qui invoque les progrès de cette même science pour valider des miracles... C'est à ne plus savoir à quel saint se vouer. Les petits boudins ailés auraient voulu me pousser dans les bras du Grand barbu qu'ils ne s'y seraient pas pris autrement.

Et puis il y a eu cette histoire d'un pasteur évangélique faiseur de miracles, justement. Comme par hasard, il donnait un prêche le soir même dans un bled suffisamment proche pour ne pas le louper. Ma femme avait déjà pris tous les renseignements nécessaires et n'attendait plus que mon accord pour se lancer dans cette improbable aventure. Si je ne le faisais pas pour moi, je devais le faire pour elle. Génial, ça, on allait jusqu'à me fournir l'excuse imparable pour jouer ce va-tout sans remettre en cause les fondements intellectuels de toute une vie. Je ne pouvais que signer des deux mains.

Seulement la détresse de Sam a bon dos. On ne peut pas jouer les hypocrites éternellement, même avec soi-même. Surtout avec soi-même. Si je suis là, c'est de mon plein gré. Je le lui ai même avoué ! C'était tellement évident que j'ai bien failli craquer, tout à l'heure, dans le resto. J'étais à deux doigts de la libération. Mais non, dès que j'ai entendu cette petite voix qui me conseillait d'oublier un peu ma raison pour écouter mon instinct, j'ai préféré me murer dans une colère indignée plutôt que de jouer le jeu comme ma femme. J'ai laissé mes contradictions m'étouffer. J'ai laissé l'espoir s'en aller. J'ai laissé ma fierté me tuer. Et je suis là, tout seul comme un con devant mon chiotte, à pleurer sur mon sort en gerbant ma haine. Tout seul avec ma culpabilité.

Encore une série de crampes. Mais plus rien ne sort. Ce corps qui refuse de s'alimenter depuis trois semaines pour abréger ses souffrances n'a plus d'intrus à évacuer. Les métastases vont pouvoir reprendre leur sale boulot tranquilles. Je reste malgré tout à ma place. Mieux vaut attendre encore un peu, c'est plus prudent. De toute façon, il est encore trop tôt pour absorber les antispasmodiques de Sam ; ils n'auraient même pas le temps d'agir avant de dégager à leur tour. Et puis mon foie me fait toujours horriblement mal et j'ai besoin de récupérer un peu si je veux aller au bout de ce prêche. Parce que je veux aller au bout.

Longue inspiration par le nez. Pour quelqu'un qui venait ici dans l'espoir secret de se rapprocher de Dieu, l'échec est patent. Le parfum de mon paradis à moi est un savant mélange de vomi personnel et de diarrhée anonyme, recette éprouvée d'une vraie crise de foie. Ou plutôt d'une vraie crise de foi, en l'occurrence. Ce n'est pas ce que j'étais venu chercher.

« Ça y est, tu recommences. Reprends-toi, merde ! » Expiration au moins aussi longue par la bouche. C'est ça, le comble de la connerie, celui que j'incarne avec toute l'énergie de mon désespoir : se tromper de trouille au crépuscule de sa vie. Moi, j'ai peur du ridicule parce que je me balade n'importe où avec un bandeau de condamné à mort posé sur les yeux. Il est vrai que, sans ce bandeau, je ne serais pas ici. Mais aveuglé pour aveuglé, autant que ce soit par la lumière divine, non ? Sauf que je n'assume pas cette démarche. J'ai honte de m'en remettre à ce que j'ai toujours nié, peut-être parce que je reste persuadé qu'on ne commence à croire en Dieu que lorsqu'on ne croit plus en soi. Quand on n'a plus aucune chance. Résultat, mon acidité à l'égard de tout ce qui m'entoure ne mène à rien, sinon à me ronger de l'intérieur, à détruire la seule chose encore à peu près intacte qu'il me reste, mon « âme ». Je ne suis qu'un commerçant ruiné, apitoyé sur lui-même, avec la mention « Tout doit disparaître » tatouée sur le front. Le crabe se charge de la viande, à moi le neurone. Saine répartition des tâches.

Il faut que j'arrête tout ça.

« Il n'y a que les cons qui ne changent pas d'avis », c'est vrai. Cette spiritualité a beau être caricaturale, elle a au moins le mérite d'exister, elle. À quelques jours de ma mort, mon agnosticisme revendiqué de cartésien suffisant est un luxe de bien portant que je ne peux plus me payer. Je n'en ai plus la force. Le destin a voulu me punir de mon intransigeance en me confrontant à ce qui se fait de plus extrême en matière de quête mystique ? OK, j'accepte la punition. Puisque je n'ai pas le choix, j'irai au bout de ma catharsis.

Toc ! toc ! toc !

Quelqu'un frappe à ma porte. Je ne l'ai pas entendu arriver.

– François, tu es là ?

Sam. Voix angoissée.

– Je... Ça fait un bon moment que tu es entré là-dedans, et je m'inquiétais... Je sais que ça ne se fait pas, mais j'ai pas pu m'empêcher d'entrer. Je... Je voulais savoir...

Les yeux rivés sur les gogues, je lui réponds sans bouger.

– Tout va bien, Sam. Je suis désolé, ça a été un peu plus long que prévu... Mais ça va mieux, maintenant. Vraiment. J'arrive dans un instant...

Le courage dont elle fait preuve à mes côtés n'est qu'une torture de plus. Et elle porte un nom, cette torture : la culpabilité. Je n'ose même pas imaginer ce qui doit se passer dans sa tête depuis que je suis entré ici. Elle m'attend, seule, de l'autre côté de la porte. Aussi seule que moi. La solitude, notre solitude à tous les deux, c'est l'émissaire de la mort qui s'apprête à nous séparer. Plus sûrement que la douleur physique, c'est elle qui l'annonce.

Mais Sam ne se plaint jamais, elle. Son courage m'impose le silence. Je n'ai plus le droit de lui parler de mes souffrances. Je n'ai plus le droit d'afficher mes doutes. Je n'ai plus le droit de la priver d'espoir. Son courage me confronte à mes devoirs, ceux du mari, de l'amant, de l'ami. Mais plus du confident. Ils se résument en une courte formule : faire semblant. Pour elle. Quoi qu'il se passe dans mon corps. Quoi qu'il se passe dans ma tête.

Oui, désormais, tout nous sépare. À commencer par cette foutue porte que je n'ouvrirai pas, frontière infranchissable qui scinde irrémédiablement en deux notre route jusque-là commune. Elle reste debout du côté propre, celui de la vie, l'horizon devant elle. Moi je suis effondré du côté sale, celui de la mort, l'horizon dans le dos.

– Bon, je ne peux pas rester ici, reprend-elle, quelqu'un pourrait débarquer d'une seconde à l'autre. Je retourne dehors et je t'attends, d'accord ?

– D'accord. À tout de suite.

Soupir. Quand faut y aller... Une main posée sur le sol, l'autre sur la lunette, je me relève difficilement. Une fois debout, je jette un dernier coup d'œil dans le puits contaminé. Toute cette purée infecte ne m'inspire même plus le moindre dégoût, j'ai malheureusement dépassé ce stade depuis longtemps. Non, la seule chose qui m'intrigue, c'est ce qui vient de se dérouler ici. Drôle de lieu pour une crise mystique. Bah ! s'il faut absolument y voir un symbole, il est plutôt prometteur. En vidant tripes et boyaux dans ces gogues, je viens en quelque sorte de procéder à une double purge, physique et psychologique. Dans ce cas, il ne me reste plus qu'à appuyer sur la chasse d'eau pour évacuer à jamais toute cette rancœur bileuse. Un grand coup de flotte pour balayer toutes mes toxines psychiques et repartir sur de nouvelles bases, changer mon regard sur moi-même et sur les autres, dépasser les apparences pour enfin appréhender le sens profond de toute cette piété. À défaut de me sauver, ça me permettra au moins de partir en paix avec moi-même. Oui, plus que jamais, Sam avait raison.

Allons-y pour la grande lessive, donc ! Le vieux Poupard est mort, vive le Poupard nouveau ! En espérant que j'en profiterai plus de trois mois... Après tout, personne n'est jamais à l'abri d'un miracle. Alors je me lance. J'appuie.

Rien ne se passe. Faux contact ? J'appuie plus fort. Toujours rien. Je ne sens aucune pression sous mon doigt. Je gueule :

– Putain de saloperie de boîte à merde ! Ne me lâche pas maintenant, ce n'est pas le moment ! Tu vas fonctionner, oui ? Tu vas l'aspirer, ma mort ?

Une bouffée de chaleur m'envahit d'un seul coup. Je transpire à grosses gouttes, les murs se mettent à tourner autour de moi. Ma vue se voile, je vais tomber. Sans réfléchir, j'ouvre la porte de mon box et me précipite vers les lavabos en manquant de m'écrouler. J'ouvre le robinet d'eau froide en grand et m'asperge le visage.

Là, ça va mieux... Les deux bras tendus de part et d'autre du lavabo, je reprends peu à peu mes esprits. Je tremble encore, mais je sens revenir un reliquat de vitalité qui devrait suffire à me faire tenir debout. En tournant la tête, j'aperçois la porte ouverte du compartiment que je viens de quitter dans l'urgence. Y retourner ? Pas question. Trop peur. D'ailleurs, je détourne aussitôt les yeux. Je ne veux même plus y penser.

Pas de chance, la vue que m'offre l'immense miroir qui me fait face ne pardonne pas, elle non plus. J'ai les joues plus creusées que jamais, le regard vitreux et le teint blafard. Même ma chevelure carotte semble virer à l'orange pâle. Je commente à voix haute, en anglais bien que je sois seul - question d'habitude :

– Le cadavre de monsieur est avancé.

Sous la lumière froide des néons, le polo rouge de Sam ne suffit plus à faire illusion. Difficile de le nier, la mort a déjà pris mon corps. Je la sens partout en moi, jusque dans cette haleine putride que j'exhale bruyamment. Et puis il y a toujours cette porte ouverte sur ma cuvette qui me nargue au second plan... La dernière d'une série de sept, mais ce chiffre magique ne m'a guère porté chance. Enfoiré de miroir vicieux ! J'ai beau tenter de me discipliner pour ne pas la regarder, cette cuvette, je ne vois qu'elle. Elle aussi, je la sens. Elle et son contenu. Je sens l'odeur de la mort. L'odeur de ma mort.

Prometteur, le symbole, tu disais ?... Quel con je fais ! Je m'en veux de m'être laissé gagner par un espoir aussi puéril. En être arrivé à rechercher le symbole de ma résurrection dans une chasse d'eau... J'essaie d'esquisser un sourire ironique pour devancer et atténuer la vague de désespoir que je sens prête à déferler dans tout mon être. Trop tard, les larmes dégainent les premières. Après les spasmes, ce sont des hoquets de sanglots qui

me secouent comme un fétu de paille. Je m'entends même geindre, toujours en anglais :
— Je ne veux pas mourir... Je ne veux pas mourir... J'ai trop peur... S'il vous plaît, mon Dieu, si vous existez, faites quelque chose, ne m'abandonnez pas... J'ai trop peur !... S'il vous plaît... Je vous en supplie... J'ai trop peur... Un miracle... Juste un miracle... S'il vous plaît...

Et je pleure, encore et encore.
— Au secours !... Si vous m'entendez, ne me laissez pas... Au secours...

Aucune réponse, évidemment. Sans surprise, les cieux restent muets. Autour de moi, tout n'est que silence funèbre, épais et glaçant. Les minutes passent. Je pense à Sam. Sam ! Elle doit se faire un sang d'encre. Il faut que j'aille la retrouver. Il faut que je sorte d'ici. Il faut qu'elle m'emmène le plus loin possible.

« Ressaisis-toi, François ! Ressaisis-toi ! Commence par te rincer la bouche. » Je me penche pour prélever un peu d'eau au flot qui coule toujours du robinet. Puis je gonfle mes joues pour faire circuler le précieux liquide dans les moindres recoins, la tête en arrière, avant de le recracher. Je répète l'opération plusieurs fois, jusqu'à ce que le goût de vomi ait définitivement disparu. « Ensuite, prends tes médicaments. » Je plonge une main dans ma poche pour en ressortir les cinq gélules que Sam m'a données à l'entrée. Deux blanches et rouges pour le mal de crâne, deux vertes et jaunes pour les spasmes. Ces quatre-là, je ne les connais que trop bien. Mais je m'arrête un instant sur la cinquième, entièrement rose et légèrement plus grosse que les autres. Pas le souvenir de l'avoir déjà vue, celle-là. Antidépresseur, anxiolytique puissant ou nouveau dérivé de morphine prescrit ce matin par Takawa, pendant mon absence ? Possible, mais c'est un tel brouillard dans ma tête ! Peu importe, en fait, ce n'est pas le moment de me poser des questions, Sam connaît son boulot de garde-malade sur le bout des doigts, la pauvre. Je les avale donc une à une, patiemment, craignant plus que tout de les régurgiter sous le coup d'une crampe intempestive. Mais non, la crise est passée. Côté ventre, en tout cas. Parce que côté tête, c'est une tout autre histoire...

D'un geste vite devenu mécanique, je m'arrose à nouveau le visage pour me rafraîchir. Pas de doute, c'est vivifiant - et dans mon cas, ce mot a une saveur toute particulière. Du coup, je réunis mes deux mains en coupelle afin d'y réceptionner un peu d'eau destinée à me rincer la nuque. Je la frotte délicieusement, les yeux fermés, un petit sourire au coin des lèvres : « L'eau, c'est la vie. »

« Tu vois, ça revient, garçon. Ça revient... Continue comme ça. » Appuyé sur mes deux paumes, j'attends que la fraîcheur me ravigote un peu. J'en profite pour aspirer de longues goulées d'air censées achever de me persuader que je suis encore en vie. Mais là, le résultat est moins convaincant. Je regarde les gouttes qui tombent de mon nez disparaître dans la bonde du lavabo comme la bille de la vie dans le trou de son entonnoir. La comparaison me glace le sang : elle ne se donne même plus la peine de tourner de plus en plus vite pour s'en rapprocher, cette foutue bille ; elle se précipite directement dedans, bien au centre. C'est le signal du départ, Sam ne m'a que trop attendu. La démarche encore incertaine, je me dirige donc vers la sortie. Elle est juste à ma droite, tout près des urinoirs.

Arrivé à hauteur de la porte, je me retourne une dernière fois pour embrasser la pièce du regard. Je réalise que quelque chose en moi s'est rompu ici même. Je quitte un lieu qui fait désormais partie de moi et que je serai amené à revoir très bientôt. Un lieu qui ne ressemble plus en rien à de simples toilettes publiques. Ses murs et son sol recouverts du même carrelage blanc immaculé, son odeur persistante de décomposition mêlée de désinfectants surpuissants et son silence pesant confèrent à cette salle une indiscutable atmosphère de morgue.

La tête baissée, je marmonne :

– Seul un miracle...

Clic. Je tourne l'interrupteur sur ces sombres pensées. Mieux vaut m'éloigner d'ici le plus rapidement possible. J'ouvre la porte.

– Euh... Lumière, s'il vous plaît !

Stupéfait, je relâche la poignée. Je rallume.

– Merci !

Mes yeux se sont arrêtés sur la seule porte fermée de toute la rangée. C'est celle du box immédiatement accolé à celui que j'occupais. La voix est sortie de là. Elle y était depuis le début.

Franck

– Vous allez mieux ? Je peux faire quelque chose pour vous aider ?

Dès qu'il nous a aperçus dans l'escalier, Franck a quitté sa place pour venir à notre rencontre. L'intérêt que me porte cet inconnu me déstabilise. Toujours aussi prévenant derrière ses gros verres orange, il a choisi de ne pas me tenir rigueur de la pique que je lui ai balancée gratuitement juste avant de sortir de la salle. J'aimerais pouvoir lui dire combien je lui en suis reconnaissant.

Dans mon dos, j'entends chanter Cornelius et sa fidèle chorale. Ma tête bourdonne encore, l'effet des médicaments ne se fera pas sentir avant plusieurs minutes. Je regarde mon voisin sans parvenir à formuler clairement ce que je pense. J'ai l'impression qu'il me voit tout nu et ça me bloque. J'entrouvre bien la bouche, mais sans pouvoir prononcer un mot. Il revient alors à la charge.

– Hey ! Fwançois ? Est-ce que ça va ?

Le ton est amical et le sourire qu'il m'adresse empreint d'une réelle empathie. Je m'en veux. Sa gentillesse est une chance, ma cécité volontaire un crime impardonnable. J'ai envie de m'en excuser platement. Accroché à l'épaule de Sam qui me soutient depuis ma sortie des toilettes, je lui rends un semblant de sourire, qui tient malheureusement plus du rictus qu'autre chose.

– Euh... pas très bien, en fait. Je...

Il hoche la tête d'un air entendu et ne me laisse même pas le temps de finir. Il parle à Sam, maintenant. Il lui faut hausser le ton pour se faire entendre - une faible voix de castra contre des milliers de watts crachés de partout simultanément, la lutte est par trop inégale.

– Écoutez madame, pendant que vous n'étiez pas là, le pasteur a annoncé que ce serait bientôt la communion. Alors vous pouvez regagner vos places, mais si vous préférez, je peux aussi vous aider à descendre dans la fosse.

Descendre dans la fosse ? Pour quoi faire ? Les dix-huit mille spectateurs ne pourront jamais se rassembler dans un espace si réduit. Et ils ne vont quand même pas tous défiler les uns après les autres pour célébrer l'eucharistie. Alors qu'est-ce que ça veut dire ? Je me tourne vers Sam pour l'interroger, mais la détermination qui se lit dans son regard coupe court à toute question. Elle a parfaitement compris ce que cela signifie, elle. D'ailleurs, sa réponse fait montre d'une assurance presque déconcertante.

– Volontiers, Franck. C'est très aimable à vous. Mon mari a perdu beaucoup de force et votre bonne volonté ne sera pas de trop pour nous frayer un chemin jusque là-bas. Je ne vous cache pas que je comptais même vous le demander en revenant ici !

La satisfaction que cette confidence déclenche chez Franck fait plaisir à voir. L'homme est comblé, il va enfin pouvoir nous rendre service ! Mais pour ma part, si je suis désormais prêt à faire n'importe quoi sans discuter pour sortir de mon impasse, j'aimerais bien qu'on m'explique avant. Je regarde successivement les deux nouveaux complices d'un œil hésitant, ce que Franck remarque aussitôt. Il précise à mon intention :

– Oui, la communion... Pas l'eucharistie chrétienne traditionnelle, évidemment impossible dans un tel endroit ! Mais le pasteur va bientôt inviter les plus faibles à se rapprocher de lui pour prier et demander la clémence de notre Seigneur tout puissant. C'est la partie réservée aux malades, si vous préférez. En général, c'est vers la fin du prêche.

Apparemment, ces précisions devraient suffire à m'éclairer, mais il n'en est rien. Je n'ai pas besoin de le lui dire, mes yeux parlent pour moi. Il en est lui-même tout étonné et marque un temps d'arrêt avant de poursuivre son exposé, tandis que Cornelius termine sa mélodie sucrée.

– Si si, vous avez forcément dû en entendre parler puisque vous êtes venus... C'est ce qui a fait sa renommée, au pasteur ! On dit que c'est à ce moment-là que se produisent parfois des guérisons inexpliquées. Il y a tellement d'ondes ou de fluides, appelez ça comme vous voudrez... Je ne sais pas comment vous le décrire... En tout cas, les gens ont tort de dire que c'est lui qui fait des miracles. Nan, cet homme exceptionnel n'est que le catalyseur de toutes les énergies positives que nous gardons en nous-mêmes sans le savoir. S'il a un don, c'est celui de réussir à les attirer dans un même lieu pour les amener à s'exprimer ensemble. Dieu entend mieux leur message, comme ça. Alors forcément, ça multiplie les chances d'obtenir une réponse favorable. Logique, nan ?

Nouvel arrêt. Il regarde Cornelius, là-bas, qui disparaît dans les coulisses sous un tonnerre d'applaudissements parsemé de vivats, puis reprend :

– Enfin, ce n'est rien que ma théorie, hein ! Mais ce n'est pas grave, au fond. Ce qui compte, c'est le résultat, pas vrai ?

Les lumières d'ambiance se rallument et une voix anonyme annonce dans les haut-parleurs :

– Mesdames et Messieurs, le pasteur Cornelius va maintenant faire une pause bien méritée de quelques minutes avant de reprendre son prêche. Pendant ce temps, et comme il vous en a déjà parlé tout à l'heure, il invite tous les fidèles qui le souhaitent à s'approcher le plus possible de la scène pour la communion. Que les bien portants laissent passer en priorité les personnes malades et leurs accompagnateurs. Nous savons que nous pouvons compter sur votre charité de vrais chrétiens pour que tout se déroule dans le calme. D'avance, merci à toutes et à tous.

Les spectateurs s'agitent un peu partout dans les gradins. On distingue déjà quelques personnes qui commencent à descendre vers le centre de l'arène.

Franck :

– Tiens, vous voyez ? Qu'est-ce que je vous disais !

Sam me caresse le dos de sa main gauche et m'embrasse tendrement la joue. Notre voisin s'approche de nous et ajoute, presque à voix basse :

– Beaucoup ne sont là que pour ça, vous savez. C'est un moment d'une intensité incroyable. Un moment où tout est possible. Je... Ça ne me regarde pas, bien sûr, mais... J'ai bien vu que vous n'aviez pas le moral, tout à l'heure. Et comme en plus je vois que ça ne va pas fort du tout, question santé, je ferai tout mon possible pour que vous en profitiez un max. Parce que je ne sais pas de quoi vous souffrez exactement, Fwançois, mais ce que je sais, c'est que votre place est en bas.

Il recule d'un pas et conclut d'un air convaincu :

– Hey ! entre nous : je ne voulais pas m'imposer, mais si on ne se tend pas la main dans un endroit pareil, alors où ?

Sur ces mots, il fait demi-tour et s'engage dans la rangée de sièges, vers sa femme ; elle est restée dans mon champ de vision pendant toute la conversation et je devine qu'elle ne nous a pas quittés des yeux. Il se penche à son oreille pour lui dire quelque chose en nous montrant du doigt. Sans pouvoir m'en empêcher, je m'attarde sur le slogan de son t-shirt tendu sur ses pectoraux saillants, *Mens sana in corpore sano*. Mais cette fois, je ne souris plus. Quand je pense que j'ai osé me foutre de la gueule de ce monsieur sans le connaître ! Sa générosité me file des frissons, je sens des larmes me monter aux yeux ; mais pas les mêmes que tout à l'heure, dans les toilettes : elles sont belles, ces larmes-là. Elles sont belles parce que l'émotion qui les génère est belle. Il a peut-être un look qui fait peur, ce type, mais il n'est pas de ceux qui restent lâchement planqués dans leur coin lorsqu'ils entendent appeler au secours, lui. Il n'est pas comme cet inconnu qui m'a écouté pleurer et gueuler dans les chiottes sans bouger un cil.

Sa femme acquiesce d'un hochement de tête appuyé et m'adresse un sourire accompagné d'un petit signe d'encouragement, le pouce levé. Puis il revient, plus ravi que jamais, et nous lance :

– C'est bon pour moi, Sarah s'occupe des enfants ! Pour être honnête, on en avait déjà parlé ensemble après votre malaise de tout à l'heure. Elle pense comme moi : faut que vous descendiez.

Sam se dégage alors de mon épaule et se place devant moi. Elle saisit mon visage entre ses deux mains et me demande :

– François, tu veux le faire ? Tu t'en sens capable ?

En un millième de seconde, je revois toute la scène des WC défiler dans ses magnifiques yeux bleus. Les spasmes, les pleurs, le désespoir... La solitude. Comme lorsque j'ai éteint la lumière en sortant, je dois fermer mes propres yeux pour oublier tout ça. Et plonger.

– Oui.

Sam soupire de soulagement. Elle m'enlace dans ses bras et serre son corps contre le mien, joue contre joue. Il n'y a pas que de l'amour qui passe dans cette étreinte. Grâce à elle, je regonfle mes accus de cette confiance qui m'a tant fait défaut jusqu'à présent. Apaisé, je me risque même à rouvrir les yeux. Franck est debout, face à moi. Avec sa façon bien à lui de serrer les poings en signe de victoire, il s'exclame :

– Yeah ! Bravo, Fwançois, vous avez fait le bon choix !

Quel personnage ! C'est qu'il aurait presque l'enthousiasme contagieux, l'ami Holden. La confiance également, car il en a à revendre, lui aussi. Et il le fait sans regarder à la dépense, au bénéfice d'un quidam qui a tout fait pour le refroidir d'entrée, qui plus est ! Jamais je ne me serai autant trompé sur un bonhomme. Jamais je ne me serai autant trompé sur moi-même.

Une seule chose m'intrigue à son sujet. Dans l'euphorie de cette modeste victoire, j'ose une indiscrétion au moment où il passe devant nous pour nous guider.

– Franck ? Je peux vous poser une question ?

Il se retourne immédiatement. Devant moi, Sam fait de même.

– Bien sûr, me répond-il ! Allez-y !

– C'est que… Vous êtes en parfaite santé, vous avez une femme, de beaux enfants… Alors je me demandais…

– Alors vous vous demandez ce qui m'a poussé à venir d'un bled aussi lointain que Jacksonville, c'est ça ?

Confus, j'essaie d'être plus précis encore.

– Euh… oui. Mais pas seulement ça. Pourquoi… Pourquoi faites-vous tout ça ?… Pour moi, je veux dire.

Sam se sent obligée d'intervenir :

– François, voyons !

– Ne soyez pas gênée, madame, c'est naturel. Je vous l'ai dit, si on ne s'entraide pas dans la maison du Seigneur, alors ce n'est même plus la peine de croire en Dieu !

Il éclate de rire et saisit le crucifix de bois qui pendouille sur sa poitrine.

– Et moi, croire en Dieu, montrer l'exemple et mettre en application son message de paix et d'amour au quotidien, c'est justement mon job ! Yep ! J'ai préféré ne pas me mettre en tenue parce que ma présence n'a rien d'officiel, mais je suis un serviteur de notre Seigneur, moi aussi. Mais attention, au sein d'une Église évangélique beaucoup plus modeste, hein !

Pas la peine de faire semblant, je suis bluffé. Sam aussi tombe des nues.

– Vous... Vous êtes pasteur ?

– C'est tout comme je vous le dis. Et c'est même la raison de ma venue ici. Regardez-moi tout ce monde ! Ça laisse rêveur, hein ? Réunir autant de brebis à la fois, c'est la consécration, pour un pasteur ! Cornelius, c'est notre maître à tous. Alors chaque fois que je le peux, je viens lui piquer quelques tuyaux pour ma paroisse. Comme ça, incognito. C'est de bonne guerre, nan ?

Le seul commentaire qui me vienne naturellement à l'esprit en regardant ce tas de biscoteaux trapu descendre les premières marches d'un pas résolu, c'est un dicton populaire. Comment dit-on, déjà ? Ah ! oui, c'est ça : « L'habit ne fait pas le moine ». Mais je le garde pour moi.

Cornelius, *part two*

La fosse.

Franck devant pour nous frayer un chemin à travers la masse compacte des fidèles, Sam derrière pour fermer la marche et me protéger d'une éventuelle bousculade, nous progressons à tout petits pas vers la scène. Autour de nous, éclairés par les photons vaporeux d'une lumière orangée tout droit tombée des cieux bétonnés du palais divin, les corps se meuvent dans un murmure discipliné. Les uns vont de l'avant comme nous, les autres reculent pour offrir leur place. Les visages des premiers sont graves, fatigués, mais néanmoins animés d'un indéfectible espoir qui irradie leurs regards ; ceux des seconds expriment une compassion sincère qu'un non-initié pourrait confondre à tort avec de la pitié. Personne ne nous pose la moindre question. Personne n'oserait dans ce climat de confiance absolue. Celui qui se donne la peine de venir jusqu'ici, celui qui affronte un déplacement aussi pénible dans la cohue générale, celui-là doit avoir une bonne raison de le faire. Et cette raison mérite le respect, impose la discrétion, ne souffre aucune suspicion déplacée.

La tranchée humaine s'ouvre donc d'elle-même devant Franck, sans grogne ni commentaires. J'ai remarqué que plusieurs personnes âgées nous marquaient à la culotte pour en profiter, comme ces automobilistes qui se collent parfois aux ambulances pour échapper aux embouteillages. Mais comment leur en vouloir ? Tout le monde n'a pas la chance d'avoir deux infirmiers aussi dévoués que les miens.

Les médicaments m'ont fait du bien. La lame qui me transperce le foie est toujours aussi froide, mais plus... molle. Je n'ai plus envie de vomir et mon mal de crâne est devenu beaucoup plus supportable depuis quelques minutes. Depuis que j'ai arrêté de penser. Plus nous avançons, mieux je me porte. Je n'ai plus besoin d'appui pour marcher. Je reste un peu groggy tout de même, mais ce n'est pas désagréable. Au contraire, les sensations que j'éprouve ressemblent à s'y méprendre à celle d'un bon pétard qui viendrait enceriser le délicieux gâteau d'un repas bien arrosé. Ouais, c'est à peu près ça : je baigne dans une espèce d'insouciance cotonneuse, à l'opposé de ce que pouvait être mon état d'esprit en arrivant ici. C'est reposant.

La révélation inattendue de Franck a achevé mes derniers préjugés. Je ne m'en plains pas, le coup de grâce est plutôt salutaire. La digue infranchissable que je me faisais fort d'incarner contre vents et marées s'est métamorphosée en éponge. J'absorbe tout. Le pire, peut-être, mais je ne le vois plus ; le meilleur, certainement, et je suis obligé de reconnaître qu'il découle de cette improbable mutation une sorte d'anesthésie générale d'une exceptionnelle efficacité. À moins que ce bien-être inattendu n'émane d'une espèce de magnétisme de masse, ces fameuses « énergies positives » tant vantées par notre surprenant pasteur bodybuildé, et auxquelles je serais subitement devenu sensible. Ou peut-être encore suis-je sous l'effet bénéfique du mystérieux principe actif de la gélule rose, celle que j'ai avalée dans les toilettes pour la première fois ; je n'ai toujours pas demandé à Sam ce qu'elle contenait. Morphine ? À vrai dire, je m'en fous.

La foule se fait bientôt de plus en plus dense, le contact physique avec les autres devient permanent. Au bout de quelques pas supplémentaires, Franck n'insiste pas. Il se retourne et annonce :

– Là, je crois que ce ne sera pas mal. De toute façon, on ne peut pas aller beaucoup plus loin. Venez devant, Fwançois. Madame Sam et moi, on restera derrière. Comme ça, vous verrez mieux.

Sam me fait signe de m'exécuter. La place est excellente, nous sommes tout près de l'espace réservé aux lits et aux fauteuils roulants, alignés à notre gauche. En me hissant sur la pointe des pieds pour regarder par-dessus les têtes de nos voisins, je peux apercevoir quelques malades auprès de qui des volontaires et du personnel médical en blouse blanche s'affairent sans relâche. On vérifie les tensions, relève les dossiers, change les perfusions. J'ai de la peine pour eux. Blancs ou noirs, jeunes ou vieux, seuls ou entourés, tous ces patients ont un point commun qui frappe d'emblée le voyeur empathique que je suis devenu : une santé au bout du rouleau. D'une manière ou d'une autre, ils sont tous là pour réclamer la fin de leurs souffrances.

Devant moi, l'échafaudage de la scène se dresse à moins d'une dizaine de mètres, soit l'équivalent d'une demi-douzaine de rangées de têtes, auxquelles il faut ajouter l'espace vide du couloir de sécurité délimité par de lourdes barrières métalliques solidement arrimées les unes aux autres. Cornelius nous apparaîtra donc en surplomb et je pourrai me dispenser de jouer les équilibristes sur mes orteils pour le regarder ; grâce à la contre-plongée, ma taille plus grande que la moyenne me permettra de bénéficier d'une vue imprenable.

Mais pour l'heure, je décide de faire le tour du propriétaire. Je suis entouré de femmes. Ma voisine de devant est une mamie blanche chétive et voûtée dont le sommet du crâne dégarni est couvert de croûtes noirâtres qu'elle n'a pas jugé utile de dissimuler ; en revanche, un masque de chirurgie protège sa bouche et son nez. Elle est vêtue d'un chemisier de dentelle élimé au cou et s'appuie, pour tenir debout, sur ce que je devine être un déambulateur en aluminium. Elle a dû faire preuve d'une sacrée volonté pour venir jusqu'ici dans ces conditions ! Celle de gauche est une noire d'une quarantaine d'années d'une maigreur extrême. Ses traits tirés expriment pourtant une profonde quiétude ; elle semble prier les yeux fermés. Ses cheveux blonds décolorés coupés très court contrastent avec un sweat-shirt anthracite délavé d'une saleté macabre. Enfin, la grosse dame qui me colle à ma droite est une métisse coiffée de longs dreadlocks aux reflets roux, tenus par un bandana orange. Derrière sa paire de lunettes aux montures indigo incrustées de brillants tapageurs qui lui mange une bonne moitié de son visage rondouillard, elle dégage une bonhomie avenante. Elle porte un t-shirt extralarge bariolé de motifs *peace and love* noirs sur fond jaune.

La description s'arrête là pour toutes les trois, nous sommes trop proches les uns des autres pour regarder sous leurs poitrines.

Et derrière, bien sûr, Sam et Franck montent la garde ; il n'aura fallu que quelques minutes à ce dernier pour faire partie de la famille. Leur présence silencieuse m'apaise. Je les observe l'un après l'autre en souriant, puis je libère enfin le mot qui tambourine aux portes de mes lèvres :

– Merci. Merci à tous les deux.

Ils se regardent d'un air déjà complice et me rendent mon sourire. Leur bienveillance me dope. Rien que pour cet instant-là, je ne regrette pas d'être venu ici. C'est le premier moment de paix intérieure qu'il m'est donné de vivre depuis trop longtemps.

Depuis notre nouvelle place, la taille de la salle est encore plus impressionnante. Les mouvements se font rares dans les gradins et les bustes des milliers de spectateurs qui attendent patiemment la reprise sous l'éclairage tamisé forment une espèce d'immense vague humaine circulaire, figée dans un équilibre incertain, prête à déferler sur la scène dans un torrent d'écume dévastateur. Cette vision réveille mes vertiges. Mais je n'ai même pas le temps de détourner les yeux, l'extinction générale des lumières d'ambiance vient opportunément à mon secours. Simultanément, la chorale se remet à chanter un gospel planant. Le brouhaha disparaît aussitôt. Je me retourne.

– Voici venu le moment de faire pénitence et de prier ensemble notre Seigneur tout puissant afin d'implorer son pardon pour nos fautes et d'intercéder en faveur de ceux d'entre nous qui sont dans la détresse physique ou psychologique.

C'est la voix de Cornelius. Il a commencé à parler dans l'obscurité, et ce n'est qu'une fois parvenu sur le bord de la scène que les faisceaux conjugués de trois projecteurs blancs l'ont éclairé d'un seul coup, comme pour simuler une apparition divine.

– Pour que cette prière soit la plus intense possible, pour symboliser l'union stimulante de nos cœurs réunis dans la foi, je vais vous demander à toutes et à tous de vous donner la main.

Sans même les regarder, mes deux mains rencontrent celles de mes voisines et les serrent doucement - elles sont aussi froides que les miennes. Devant moi, les deux personnes qui entourent la mamie qui ne peut lâcher son déambulateur ont posé les leurs sur ses épaules.

– Bien. Maintenant, nous allons répéter ensemble les paroles qu'il nous a enseignées pour communiquer avec lui. Je compte sur vous pour y mettre toute votre ferveur, afin de leur donner toute la force qu'elles méritent. « Notre Père, qui es aux cieux... »

Portés par la mélodie des chœurs, j'entends alors dix-huit mille fidèles reprendre d'une seule voix :

– Notre père, qui es aux cieux...

L'écho est envoûtant, son effet irrésistible. Je me mets moi aussi à réciter les versets sacrés avec une réelle conviction.

– Que ton règne vienne...

– Que ton règne vienne...

– Que ta volonté soit faite sur la Terre comme au ciel...

– Que ta volonté soit faite sur la Terre comme au ciel...

Tout en psalmodiant de concert, je me concentre sur l'image du pasteur. Bien que nous soyons beaucoup plus près de lui, nous ne bénéficions plus des gros plans de l'écran géant. Je remarque néanmoins son front qui brille sous le feu des projecteurs ; il transpire abondamment. C'est curieux pour un homme qui vient de se reposer en coulisse et que l'on n'a pas manqué de remaquiller avant son retour sur scène. La main qui tient son micro est quant à elle agitée de tremblements nerveux qui n'apparaissaient pas au début du prêche. Si je n'étais pas ici, dans la fosse, j'y verrais probablement la trace d'un péché de gourmandise de coke. Mais ce n'est pas aussi simple. Je l'ai jugé trop vite, tout à l'heure. Mon regard a changé, je ne suis vraiment plus le même homme. Animé d'une fébrilité nouvelle depuis que nous sommes là, je la sens se décupler au fur et à mesure que nous récitons le *Notre Père*. Cornelius doit effectivement être un homme exceptionnel pour encaisser toute cette énergie qui converge vers lui. On ne sort pas indemne d'une telle confrontation.

La prière se termine.

– Mais délivre-nous du mal...

– Mais délivre-nous du mal...

– Amen...

– Amen...

L'éclairage change. La froideur clinique des spots blancs centrés sur la scène s'éclipse pour être remplacée par une lumière orangée plus chaude, tandis que le public jusque-là plongé dans la pénombre se retrouve baigné d'une clarté rougeoyante.

« Déplacer des montagnes… », « Seigneur miséricordieux », « tout le monde peut se tromper… », « vais essayer d'y croire moi aussi… » Des bribes de phrases me reviennent en mémoire sans que je puisse les contrôler. Je ne cherche d'ailleurs pas à le faire, tant la haine à laquelle elles étaient associées s'est évaporée de mon esprit. Je m'étonne moi-même du sentiment de bien-être qu'elles génèrent maintenant en mon for intérieur. Je m'en étonne, mais je le savoure avec une délectation non dissimulée. Une idée vient de germer dans ma tête enflammée : oui, à partir de maintenant, tout est possible. Pourvu que ça dure.

Après un court silence pendant lequel il semble chercher ses mots, le pasteur poursuit en levant un bras, paume tournée vers le ciel. Devant sa bouche, les tremblements de son micro sont de plus en plus convulsifs. Une transe. C'est ça, il est en pleine transe ! Quel concentré d'émotion doit-il se prendre dans la figure ! Je suis admiratif. Un peu envieux aussi, je dois bien me l'avouer.

– Je sais que beaucoup d'entre vous qui ont fait le déplacement ce soir sont atteints par la maladie. Ceux-là plus que les autres sont venus chercher un réconfort dans la maison de Dieu. Pour eux comme pour tous ceux qui souffrent dans leur chair partout de par le monde, prions ensemble. Demandons au Seigneur de leur accorder une attention toute particulière pour qu'ils se sentent soutenus par sa grâce dans les épreuves qu'ils traversent. Demandons-lui…

Suspendue à ses lèvres, la foule attend la suite. Mais elle ne vient pas. Cornelius détend son bras qui tient le micro et le laisse pendre lourdement le long de son corps. Le second toujours en l'air, il baisse la tête. Il paraît épuisé. Quelques secondes plus tard, il relève pourtant son micro et exhorte les fidèles :

– Tendons nos mains vers le ciel et prions le Très Haut...

Les poignées se délient et une forêt de bras tendus s'élève vers le plafond. Je suis le mouvement, définitivement tombé sous le charme de... De quoi ? Pour être honnête, je suis incapable de le dire. Mais je suis bien. Je flotte dans un univers jusqu'alors inconnu où chacune de mes pensées est envisagée sous un jour positif. Je perçois quelque chose de fort qui grandit en moi. Je me sens invincible. C'est une véritable jouissance dont je ne veux rien rater. Je veux m'y abandonner totalement, quoi qu'il arrive.

– O ! toi mon créateur, Dieu de bonté et d'amour, pardonne mes péchés et ceux de tes enfants...

Autour de moi, nombreux sont ceux qui continuent de répéter les paroles de Cornelius.

– ... pardonne mes péchés et ceux de tes enfants...

Il pose sa main sur son cœur.

– Inonde-nous de ton amour qui nous donnera la force de nous aimer les uns les autres comme tu nous aimes...

Tout le monde se pose une main sur le cœur. Pas question de faire bande à part. Je suis même l'un des premiers à reprendre sa phrase, bientôt rejoint par mes deux voisines, puis par tous les autres :

– ... qui nous donnera la force de nous aimer les uns les autres comme tu nous aimes...

Il tombe à genoux, la main toujours collée au palpitant.

– Qui nous donnera la force de chasser le mal partout où il se trouve et sous toutes ses formes...

Tohu-bohu généralisé dans les rangs. Certains, comme moi, hésitent un peu, d'autres comme ma grosse voisine de droite se sont déjà agenouillés, eux aussi. Ils donnent l'exemple aux plus timides qui se décident enfin. Je me retrouve ainsi la tête face aux fesses squelettiques de la mamie de devant, qui ne peut évidemment pas se prêter à l'exercice. Je regarde à droite et à gauche ; ils ne sont guère plus d'une douzaine à ne pouvoir faire de même.

– ... partout où il se trouve et sous toutes ses formes...

Nouveau silence. Je dois pencher la tête sur ma droite pour voir ce qui se passe. Au bord de la fosse, Cornelius regarde droit devant lui. Il a l'air complètement tétanisé. Le public, lui, est subjugué. Quand je pense que j'ai osé l'accuser de faire semblant ! Le saint homme vit ce qu'il dit, c'est le moins qu'on puisse dire ! Quelle présence ! Quelle passion ! Aucun doute, ce type peut faire des miracles. Mieux : il va le faire, j'en suis sûr. Maintenant !

– Ô Seigneur délivre-nous du mal ! Chasse le démon de nos vies ! *Vade retro satana* !...

Ces derniers mots sont sortis incroyablement vite. Cornelius les a soufflés plus qu'il ne les a prononcés.

Les spectateurs les répètent pourtant sur le même ton, à la même vitesse, sans se poser de question.

– ... *Vade retro satana* !...

La main agrippée au cœur, le pasteur bascule alors la tête la première et s'effondre. Autour de moi, les fidèles disciplinés en font autant, comme un seul homme, provoquant une bousculade généralisée sans précédent.

Cette fois pourtant, le Poupard ne suit plus : il y a un problème. Ce n'est pas possible, il se passe quelque chose d'anormal. Je me retourne vers mes deux infirmiers pour venir aux nouvelles. Seule Sam est restée dressée sur ses genoux, comme moi, hésitante. Elle hausse les épaules en me voyant. Franck, lui, embrasse dévotement le sol.

C'est alors que les premiers cris retentissent :

– Au secours ! Il lui est arrivé quelque chose ! Il est arrivé quelque chose au pasteur ! Au secours ! À l'aide !

C'est une voix de femme non identifiée venue des coulisses. D'autres braillements surgissent de partout à la fois, tandis qu'une demi-douzaine de gorilles fait irruption sur les bords de la scène, lunettes noires sur le nez, bras tendus tournés vers la foule et pistolets automatiques au poing, prêts à tirer dans le tas. En face d'eux, dix-huit mille cibles potentielles affolées - pas facile de faire son choix.

Là-haut, quelque part sur le plateau, on devine qu'un attroupement vient de se créer autour du corps disparu de notre champ de vision. La contre-plongée nous empêche d'assister au drame qui se joue à quelques mètres de nous, juste sur les planches. Le micro de Cornelius

Sur la Terre comme au ciel

étant resté branché, seules les voix angoissées d'invisibles protagonistes parviennent jusqu'à nos oreilles.
— Mon Dieu ! De l'aide, vite !
— Un médecin ! Un médecin, bordel ! Il bave !
— Jésus-Christ ! Faites quelque chose, merde !
— C'est un attentat ! C'est un attentat !
— Il avale sa langue ! Je vous dis qu'il avale sa langue !
— Attrape-la ! Retiens-la avec tes doigts ! Fais quelque chose, il risque de s'étouffer, ça urge !
— Mais non, retourne-le ! Retourne-le !
— Ouvre-lui son putain de col ! Qu'est-ce que t'attends ? Magne-toi, il va nous claquer dans les doigts !

Partout, des hurlements hystériques vrillent les tympans. Allongés sur leurs lits, plusieurs impotents râlent de douleur. Ou de déception - à ce stade, les paris sont ouverts. Dans la fosse, c'est la panique. Ma sympathique voisine *peace and love* de droite se relève, me renverse et piétine sans vergogne celle de gauche pour déguerpir. Au passage, la vieille dame de devant est violemment projetée à terre. Et ce n'est qu'un début. Ils sont bientôt des dizaines à faire de même en s'injuriant. Les insanités fusent, les coups pleuvent, l'amour chrétien fait brutalement la pause. L'arène n'est plus qu'un vaste champ de bataille, je reçois plusieurs chocs dans les épaules et dans les côtes sans pouvoir en identifier les responsables. Sam s'accroche à moi tandis que Franck reprend ses esprits. Il rugit de toute son autorité d'eunuque :

— Vous deux, pas bouger ! Vous restez près de moi, compris ?

Là-dessus, il se met à faire le ménage autour de nous en distribuant une kyrielle de baffes rythmées de « Au nom du Seigneur, calmez-vous ! » - l'esprit sain dans un corps sain, toujours. Plus haut, mélangés à des commentaires horrifiés, des ordres anonymes continuent d'être beuglés à l'intention d'imperceptibles destinataires.

– Fermez les issues ! Fermez-moi ces putains de portes immédiatement !

– L'assassin est encore dans la salle !

– Ça venait de la fosse !

– Nan, c'est des conneries ! J'ai vu des flashes dans les gradins de gauche juste avant qu'y se vautre !

– Y a un truc qui cloche, y saigne pas...

– C'est du délire !

– Des terroristes ! On va tous mourir ! C'est affreux, on va tous mourir !

Et puis tout à coup, sans doute quelque part près du corps :

– Non, c'est le cœur ! Peut-être un infarctus !

– Quoi ?

– Qu'est-ce que t'en sais ? T'es toubib, peut-être ?

– Parfaitement, je suis le docteur de l'infirmerie ! Il lui faut de l'air ! De l'air ! Vite ! Avec un peu de chance ce n'est peut-être qu'un simple malaise vagal !

– Ah ! alors c'est lui le doc'... Pas trop tôt !

– Vous trois, là-bas ! Ouais, vous, les porte-flingues ! Rengainez vos cerveaux et venez me filer un coup de main ! Aidez-moi à l'évacuer vers les coulisses. C'est un ordre, nom de Dieu !

Ce n'est qu'à ce moment-là que l'ingénieur du son de la régie décide enfin de couper les micros, tandis que la cacophonie générale se répand comme une vague tempétueuse à travers toute la salle. Entre deux heurts de spectateurs terrorisés qui me percutent pour fuir, je regarde ma Sam complètement déboussolée, la bouche entrouverte, les deux mains sur les joues. Franck se démène pour la protéger du mieux qu'il peut. Mais il est submergé, le pauvre. Moi, je vis toute cette folie sans la comprendre, au ralenti, ballotté au gré des cris et des secousses, pas vraiment concerné par la frayeur ni le sauve-qui-peut général. En fait, je me sens toujours aussi détendu. Je crois même que je continue à sourire. C'est cool.

Sam ne peut pas en dire autant. Elle pleure toutes les larmes de son corps, maintenant. Elle me dévisage, plus désorientée que jamais. On dirait qu'elle a peur pour moi. Peur de mon sourire, aussi. Ses yeux rougis m'interrogent : est-ce que je me rends bien compte de ce qu'il vient de se produire ? Est-ce que j'en pèse déjà toutes les conséquences ? Sur ce point au moins, je voudrais lui prouver que j'ai conservé toutes mes facultés d'analyse. J'aimerais la rassurer. Sans toutefois parvenir à me déparer de mon air béat, j'essaie donc de résumer la situation le plus fidèlement possible.

– Merde, t'as vu ? C'est trop con, juste au moment où il allait faire ses miracles...

Comme au ciel

Vu d'ici, on dirait un mini crash de soucoupe volante. Oui, c'est ça, un crash d'ovni désintégré dont les morceaux de tôle grisâtres joncheraient le sol dans une périphérie d'une centaine de mètres autour de l'impact - sauf qu'il ne s'agit pas de tôle, mais de dalles de pierre. Le trou est minuscule, à peine de la taille d'un alien allongé. Au sommet de cette sombre fosse rectangulaire entourée de deux tas de terre symétriques, une couronne d'individus plantés comme des bougies sur un gâteau d'anniversaire - mais alors éteintes, les bougies ; tout au fond, une boîte en chêne impeccablement vernie sur laquelle glissent des gouttes de chagrin tombées du ciel. L'averse céleste terminée, on imagine le sinistre bahut se couvrant d'un manteau de terre humide et froide piochée dans les deux conglomérats qui le dominent encore, avant de s'enfoncer dans un tremblement étouffé, emportant son mystérieux contenu vers des profondeurs infernales.

Comment suis-je arrivé ici ? À vrai dire, je ne m'en souviens pas. Pas plus que je ne me souviens de ma mort, d'ailleurs. Je m'attendais à un truc fun, une espèce de grosse décharge d'adrénaline extatique, un flash fulgurant suivi d'une douce lumière scintillante qui m'au-

Sur la Terre comme au ciel

rait attiré au bout d'un long tunnel avalé à une vitesse hallucinante... Un méga trip, quoi. Quelque chose d'analogue à tous ces témoignages étonnants qui remplissent les bouquins consacrés aux NDE[2], les expériences proches de la mort. Durant les dernières semaines de mon agonie, j'en ai dévoré quelques-uns avec l'appétit frénétique du matérialiste effrayé par l'approche du néant – la trouille est la mère nourricière des motivations les plus improbables. Les restes de vie qui luttaient encore dans mon corps meurtri me faisaient trop souffrir pour ne pas fantasmer sur un ultime shoot mortel.

Ben c'est loupé. Si la vie n'est pas un conte de fées, la mort non plus. La morphine ne m'a pas empêché de bien savourer les joies subtiles d'un étouffement progressif. J'étais seul dans ma bulle de douleur, coupé du reste du monde, de ma famille, de Sam, pourtant tous rassemblés autour de mon lit d'hôpital pour m'accompagner jusqu'au bout.

Cornelius aussi a passé les deux mois qui ont suivi son show calamiteux dans une clinique. Mais lui, c'était sur un lit de convalescent, entouré de plantureuses attachées de presse aux ordres du fidèle Dunglet ; je ne l'invente pas, c'est ainsi qu'il est apparu dans plusieurs reportages revenant sur les quelque deux cent soixante-dix mille lettres et télégrammes de soutien qu'il a reçus de tout le pays après son malaise vagal à Fort Lauderdale – c'était donc ça. Les trois morts et les cent trente-deux blessés recensés dans le public après cette soirée de cauchemar ont également fait le bonheur des médias

---

[2] NDE : Near Death Experience.

Sur la Terre comme au ciel

pendant quelques semaines, avec une première traditionnelle flopée de sujets dénonçant l'incompétence meurtrière du service d'ordre et rappelant que cet accident « posait une fois de plus la question de la sécurité » des grands rassemblements de masse. La semaine suivante, un second florilège de reportages tartinait sur l'incommensurable douleur des héritiers des trois disparus, ces derniers ayant eu l'infinie délicatesse de se faire enterrer à intervalles réguliers pour faire durer le plaisir cathodique. Enfin, une troisième et dernière salve médiatique insista sur l'insondable tristesse du bon pasteur et le désarroi de toute l'Église de la Colombe. Face aux caméras de télévision des plus grandes chaînes nationales, le cœur sur la main et la prunelle humide, Cornelius répéta à l'envi qu'il priait tous les jours « pour que le Seigneur inonde de sa grâce toutes les victimes de cette horrible tragédie ». En retour plateau de ce dernier sujet, le présentateur du journal conclut ces trois semaines d'actualités largement consacrées au « drame du Giant Stadium » en délivrant l'information capitale que tout le monde attendait : bien entendu, les dates des prochains meetings seraient maintenues.

Sam et moi n'avons plus jamais reparlé de cet épisode. En ce qui me concerne, ce n'était pourtant pas faute d'avoir du cynisme à revendre sur la question, mais je ne voulais pas remuer le couteau dans la plaie de notre crédulité désespérée d'un soir. Et puis la télévision n'avait guère besoin de mon aide pour raviver ce sinistre souvenir. Bien sûr, j'ai souvent envisagé de lui demander si elle avait conservé la foi malgré cette expérience rocambolesque. Chaque fois, je me suis ravisé, sans doute parce que je n'avais pas vraiment le courage d'affronter sa réponse. L'a-t-elle senti ? À quoi pouvait-elle bien penser pendant toutes ces heures qu'elle a passées à mon chevet, témoignant d'une force de caractère et d'un dévouement exemplaires ? Attendait-elle un signe de ma part pour enfin rompre le silence ? Elle seule le sait. Car très vite, la lucidité nécessaire pour le deviner m'a fait défaut. Accroché à ma potence de morphine qui me soutenait comme la corde soutient le pendu, je me suis donc lentement enfoncé dans la mort sans jamais découvrir ce que ma propre femme avait bien pu retirer de tout cela. Je l'ai dit : je ne sais pas exactement à quel moment je suis parti. Je sais juste que je souffrais le martyr en silence et puis... Et puis plus rien. C'est arrivé sans prévenir. Un peu tard à mon goût, mais je ne l'ai pas vu venir, vraiment. Comme ces réveils embrumés où l'on tente vainement de se souvenir de l'instant libérateur qui nous a vus sombrer dans les bras de Morphée. C'est con, je n'ai même pas pu en profiter ; la mort est mal faite.

Et je me suis retrouvé là, suspendu en l'air, comme si j'avais été convoqué malgré moi pour assister à mon propre enterrement. D'ailleurs, je me demande bien qui a préféré cette cérémonie religieuse à la crémation que j'avais pourtant souhaitée : mes parents ? Sam ? Peu importe, après tout. La scène m'est apparue comme ça, d'un seul coup. J'aimerais pouvoir dire que je ne souffre plus, mais ce n'est pas le cas. En fait, j'ai mal au cœur. J'ai beau avoir été débarrassé de mon enveloppe charnelle, j'ai quand même très mal au cœur. Et pas l'ombre d'un petit Jésus luminescent à l'horizon pour me soulager. Serait-il là si j'avais sincèrement voulu le voir ? La nature de notre mort dépend-elle des convictions que nous nous sommes forgées tout au long de notre vie ? C'est toute la question. Mais il est trop tard pour faire marche arrière, désormais.

– Adieu mon amour...

C'est la voix de Sam. Ma femme, ma douce et tendre femme. Tu viens de me tirer de ma rêverie. Exit l'excavation, mon regard se reporte sur toi. Tu es debout devant les autres, juste à côté du prêtre qui consulte discrètement sa montre protégée de l'averse par la trop longue manche de sa soutane défraîchie. Les aiguilles indiquent dix heures quarante. « Ça fait déjà dix minutes », s'impatiente-t-il. J'entends distinctement ses pensées. Déjà dix minutes, donc, que la trentaine d'amis et de proches de la famille réunie dans ce modeste cimetière de Sologne attend poliment que tu jettes la traditionnelle première poignée de terre sur mon cercueil. Déjà dix minutes que j'assiste moi aussi à ce spectacle, silencieux, quelque part au-dessus de l'assemblée. Une éternité pour cet homme de Dieu, un millième de seconde pour nous deux.

Cet adieu n'en était pas vraiment un. Je sais que tu refuses d'entériner notre séparation. Je sais que tu ne veux pas m'oublier. Jamais. Je t'admire pour ça. Moi non plus, je ne t'oublierai pas. Cette douleur qui me brûle le cœur, je viens de le comprendre en profitant de cet ultime répit que tu nous offres et qui me retient encore au-dessus de ma propre tombe, c'est notre amour déchiré par la mort. Je le sais, maintenant. J'ai mal d'être séparé de toi. Mais je ne t'oublierai pas, Sam, je t'en fais le serment. Même si pour moi le temps n'a plus aucune valeur, désormais.

Comme un enfant le ferait avec sa mère à l'approche d'une séparation imminente, je te dévisage instinctivement, enregistrant à jamais les moindres détails de ta personne. Vêtue d'un sobre imperméable noir, tu es belle, mon amour, jusque dans ta douleur. Cette couleur tragique de circonstance forme un contraste saisissant avec tes cheveux mi-longs d'un blond rayonnant, coiffés en chignon sous ton chapeau de feutre gris foncé. Ton visage poupon d'une pâleur attendrissante, tes yeux bleu azur délavés par un océan de larmes et ton petit nez légèrement retroussé rougi par les frottements de mouchoirs sont un hymne à l'amour d'une beauté insoupçonnable. Et ton sourire... Non. Ton sourire, lui, a disparu. Pour un moment. Il reviendra.

– Adieu mon amour, répètes-tu mentalement.

Sais-tu que je peux te voir et t'entendre ? Lentement, sans décrocher un mot, le regard bloqué sur la fosse qui continue de se remplir à tes pieds, tu te penches vers le tas de terre le plus proche. Mais ta main droite reste en équilibre sans oser piocher dedans. Tu te ravises, te relèves et recules d'un pas. J'ai envie de pleurer. Si seulement je pouvais la saisir, cette main ! L'étreindre, la caresser, l'embrasser juste une dernière fois... Si seulement nous pouvions nous parler, si seulement je pouvais te sourire tendrement pour que tu puisses garder de moi l'image de l'homme heureux que j'ai été grâce à toi, pour que s'efface à jamais de ta mémoire la vision du visage blafard et décharné de moribond absent que ma maladie t'a imposée sans pitié, injuste et cynique récompense de ton infaillible soutien ! Mais non, je suis impuissant. Ma dernière épreuve sera de devoir te quitter dans cet état sans rien pouvoir y changer. Alors, pourquoi assister à cette cérémonie morbide ? Pourquoi m'infliger ça ?

Une idée vient de surgir dans mon esprit... Une idée à laquelle je m'accroche immédiatement avec une volonté presque instinctive, surprenante. Au fond, c'est peut-être toi, mon petit Jésus : la seule personne en qui j'aie jamais cru. C'est toi que j'ai voulu revoir une dernière fois avant de partir. Je ne sais pas très bien si c'est une chance. Je peux encore te regarder, mais tu ne me vois déjà plus.

Soupir imperceptible du curé. Clac ! Tes doigts gantés de dentelle noire viennent d'ouvrir le loquet de ton sac à main verni. Ils fouillent quelques secondes à l'intérieur, mais je ne parviens pas à distinguer ce qu'ils en ressortent. Tu t'avances alors au bord de la tranchée, inspires longuement et sembles hésiter une dernière fois. Je crois que j'ai deviné. Une vague d'émotion surpuissante m'envahit d'un coup, dramatique. Alors c'est ça, tu l'avais gardée pendant tout ce temps ? Tu as vraiment continué d'y croire jusqu'au bout ? Ma pauvre Sam... Comme la fin a dû être terrible, pour toi aussi ! J'ai la gorge serrée et mes lèvres fantomatiques se mettent à trembler, incontrôlables, tandis que les larmes chaudes d'une insupportable culpabilité viennent bientôt noyer mes yeux de spectre impuissant. Par ce geste, tu viens de confirmer ce que j'appréhendais par-dessus tout : de nous deux, c'est toi qui as le plus souffert, qui souffre encore le plus et qui n'a pas fini de souffrir de mon cancer.

Courage, ma chérie...

D'un geste saccadé, le bras tremblant, tu jettes deux morceaux de papier dans le trou béant. Puis tu te retournes et t'éloignes aussitôt d'un pas rapide, seule.

Sur le couvercle détrempé de ma dernière demeure, j'aperçois alors les restes déchirés d'une enveloppe gorgée de pluie. L'un de ses coins est frappé d'un logo bleu gondolé par l'humidité qui le dilue déjà : une colombe stylisée qui vole au-dessus de ce qui ressemble à un globe terrestre quadrillé... Cette vision me tétanise. Je voudrais relever la tête pour te retrouver, te suivre du regard et m'enfuir avec toi loin de ce lieu sordide, mais une force irrésistible m'attire au fond de cette fosse. Je suis aspiré par ce trou noir comme jadis la goutte d'eau par la bonde du lavabo. J'ai froid. Ma vue se brouille.

Ça y est : je ne vois plus rien.

*

© 2021, Maillebiau, Éric
Edition : Books on Demand,
12/14 rond-Point des Champs-Elysées, 75008 Paris
Impression : BoD - Books on Demand, Norderstedt, Allemagne
ISBN : 9782322217076
Dépôt légal : mars 2021